港漂记忆拼图

The Memory Puzzles of Hong Kong Drifters

吟光　著

作家出版社

（京权）图字 01-2023-2875

图书在版编目（CIP）数据

港漂记忆拼图 / 吟光著 . -- 北京 : 作家出版社，2023.8
ISBN 978-7-5212-2338-5

I. ①港… II. ①吟… III. ①长篇小说 – 中国 – 当代
IV. ① I247.5

中国国家版本馆 CIP 数据核字（2023）第 099341 号

港漂记忆拼图

作　　者 : 吟　光
插画（文本叙事视觉分析）：
　　　　中国美术学院创新设计学院媒介与交互研究所
责任编辑 : 宋辰辰
装帧设计 : 意匠文化·丁奔亮
出版发行 : 作家出版社有限公司
社　　址 : 北京农展馆南里 10 号　　邮　　编 : 100125
电话传真 : 86-10-65067186（发行中心及邮购部）
　　　　　 86-10-65004079（总编室）
E-mail:zuojia @ zuojia.net.cn
http://www.zuojiachubanshe.com
印　　刷 : 北京盛通印刷股份有限公司
成品尺寸 : 142×210
字　　数 : 149 千
印　　张 : 9.625
版　　次 : 2023 年 8 月第 1 版
印　　次 : 2023 年 8 月第 1 次印刷
ISBN 978-7-5212-2338-5
定　　价 : 68.00 元

我是谁?

我是哪里人?

我属于哪个群体?

不断地离开,

每一个目的地都不是目的地,

最终,这些问题要靠自己定义。

作者简介

吟光（Lucia Luo Xu），青年作家，跨媒介创作者。香港作家联会及世界华人科幻协会常务理事，中国作家协会会员。创作"艺术乌托邦"东方幻想系列，研究"分布式叙事"未来文学方向。出版长篇小说《天海小卷》《上山》，发布原创音乐包括《无人》《伊莎贝拉》《山中人》等。

导读

本书采用"分布式叙事"新型叙事策略，并非一部仅需被阅读的作品，而是一场我们共同参与、探索的体验。具体方式为：

篇首曲：扫码聆听音频 —— 有声音乐唱诵《挖心术》，由滑倒乐队（云龙、吟光、唐凌、小志）共同创作，对部分章节浓缩的多人艺术朗诵＋即兴演奏＆演唱，可供读者在阅读之前建立观感。

序幕：扫码观看视频 —— 跨媒介剧场《未境之像》，由中国美术学院创新设计学院媒介与交互研究所打造，蓝星球科幻电影周支持，链接里包括混剪预告片，以及对应书中章节的八集科幻影片，剧情是对原著的补充或衍生，主题包括人工智能、火星开发、VR昆曲、未来城市等，形式包括发生在虚拟空间和实体空间的交互式电影、新媒体展演、音画交互、空间叙事、影像装置、360度全景视频、沉浸式双人VR影片，为读者提供视觉享受，打通和延展想象力。

声音景观： 扫码聆听音频 —— 昆曲声音作品《荒·生》，由昆曲表演艺术家施夏明、作曲家周天歌、作家吟光共同创作，可供读者在阅读过程中播放陪伴，走向机械生命、自然山水与游吟诗人交融的后人类世。

正文： 直接阅读文本 —— 小说《港漂记忆拼图》，由吟光创作，前七章由五个视点人物出发，每一章都是对前一章的解构和反转，科幻设定也被不断推翻，第八章模仿昆剧说书人的判词，第九章模拟人物进入剧本杀，翻转视角重看故事，抵达理解共融的主题。

篇尾曲： 扫码聆听音频 —— 音乐札记《救赎》，由滑倒乐队制作，概述了剧情因果及抒情呓语，可供读者在阅读完成后回味。

我们不仅要讲"未来的"故事，还可以"未来地"讲故事。现在开始往后翻，一起从过去出发、经由现在、进入未来吧！

篇首曲

挖心术

合作艺术家

作词：吟光

作曲：云龙、小志

朗诵：吟光、唐凌

演唱：小志

作品阐述

曲风：融合艺术朗诵加 jam（即兴演奏＆演唱）

主题：现代都市中移民的精神生活，一种悬浮而没有归宿的飘荡，夹在融入和不能融入之间的困境。融入和不融入，都终将陷入资本主义的漩涡。芯片与情感之间的分界线愈渐模糊，编码机器和有灵肉身本质上可能并无矛盾，也无所差别。

序幕

跨媒介剧场

——未镜之像

艺术团队 ｜ 中国美术学院

创新设计学院

媒介与交互研究所

作品阐述 ｜ 从改编到改变

2023年大三"数字娱乐衍生应用"课程，将跨媒介师生共创融入设计教学，以科幻叙事为方法论，以游戏化设计思维为核心，以科幻小说为创作起点，从原著中重建语境，关注港漂、未来城市、人工智能等社会问题，探索多元叙事架构，创作全新的衍生科幻多媒体作品。

在视觉中关注东方科幻＋设计＋人文，思辨真实与自然，聚焦数字时尚美学，探索数字人未来应用场景。最终经过文本调研＋科幻创作，产出全景式的以概念设计、视听设计、技术路径、数字资产、交互影像等为跨媒介衍生的媒体剧场。

声音景观

荒·生

合作艺术家 | 施夏明

周天歌

吟光

作品阐述 | 从代表了中国抒情传统和古典美学范式的昆曲水磨腔出发，以新编昆剧《世说新语·访戴》的《兰亭集序》念白作引，结合自然声音的采样，在落雪的夜和水生的海，在机械生命唱歌的荒漠里，顶风独行的远古游吟诗人。乘兴而至，尽兴而归，万物有灵，复合天地，在后人类世代创造多物种亲缘。

目 录
CONTENTS

前言：香港二十年

九七年出生的孩子都长大成人了，香港还在一场飘摇的病中未曾醒来。这个多元到乃至爆炸式生长的大都会，充满赛博朋克味道的繁华闹市，传统性与未来感交织，金碧辉煌与市井污浊相糅杂，伤痛累累却又一路向前。

踏上港岛之初，我曾怀抱对繁华的无限向往与期待，却在置身其间的时候醒悟过来 —— 这是一块真正的飞地，无论地理意义还是历史意义上。每个人步履匆匆间都是无着无落地飘浮半空，好像被谁催赶得满头大汗，连带我这个置身其间的异乡客，也患上无从归属的征候。

那时我不想写东西。就算写，也不是关于此地此在，而是些虚无缥缈的云中幻想。也许还未跟这里有链接，也许始终是个局外者。直到几年后辗转离港，才发觉自己说话做事在路上，同样地步伐匆忙、目空一切，原来已然沾染了香港的印迹。但待到再赴港，跟本地人仍是截然不同。就像在港时因为不适应开进右车道，过几年回内地，有时又不自觉开到左道上。

在我还没有理解你的时候，就已经变成了你。从小镇到都市，从内地到海外，从东方到西方，深陷身份迷局的"漂"们，一旦进行地域移动，环境迁徙，观念冲击，而且这变化终不可逆，打上了价值观印记，哪怕有天再回故地，你也不是原来那个你，故乡也不是原来的故乡了。所以成为本地人难，成为外地人简单。

有了情感的共鸣，便想写些东西了。经济什么时候涨？不知道。房价什么时候跌？不知道。香港的前途如何？不知道。年轻人上升途径在哪儿？不知道。就像老电影《青蛇》，大片大片红色纱幔笼罩，都是心底的惶恐。两个独立的价值观体系强劲冲突，但又同根同脉、同源同亲，反而加剧了挤压：人们总是严于律自己人，宽以待外人。不过，谁是自己人，谁是外人？

香港病了，这是所有人唯一知道的。富者连阡陌，贫者无立锥之地，歧视度之高位居世界前三，而一整个城市的学生都忙着上街。那些恶语相争、言辞激烈、不耐烦与冷嘲热讽……种种抵抗，不过是惶恐的蔓延。就像坐在一艘行将倾颓的大船上，船上的人如天灾前的小兽般惊慌，做尽挣扎。

很多个日夜，我躺在狭小房间的狭小床上，反复想，如今香港青年除了街上游行和床上躺平，还能做什么？

当然能奋斗了。深受新自由主义洗礼沐浴的我们，相信努力就能改变命运 —— 反之，如果没有改变命运，那全是因为你自己不够努力。永无尽头的欲望，正如永无止境的自我提升 —— 但凭什么不要呢？然而当年轻人发觉如何奋斗，都实现不了阶级跨越、摆脱不了阶级烙印的时候，学习和工作也不过是螺丝钉日复一日的机械运动。

螺丝钉是没有生活的，人们在香港也总忘记生活，却把消费结构的陷阱当作生活指标：仿佛刷卡、购物和听到服务员礼貌的招呼，便是幸福来源，对物质的欲望可以上升到精神信仰，好一场姹紫嫣红、繁华春梦！

人总会对自己身处的地方不满。

于是故事越写越多，甚至想写成形形色色的港漂拼图：过客，游客，驻留，离开 …… 理性与非理性交织，因为记忆的混乱，叙事线也错综复杂，弥漫的情绪倒是一致。我固执地相信，古典主义的慢、美、平和冲淡，是拯救现代都市琐碎庸常的心灵寄托，所以在文中加了个戏曲演员/吟游诗人的角色，或也是对故乡/艺术的情结。是否在外面漂泊、蹚过艰辛的时刻，身体无法回到旧土，但得见乡人，听到几句乡音，再是一阕家乡的戏曲，能得些许慰藉？像在大厦倾塌之前抓住几块砖瓦，坐在风暴眼中央守一方宁静，或像艾略特的诗那样，在海底女水妖的宫室里溺水而亡 —— 假装记录下来至少能抵抗什么 —— 你看，我也学会了抵抗。

然而日子过得再久些，走的地方再多些，如同故事里的主人公，渐渐察觉，其实哪里都难寻心安。

高楼是森立的怪物，你想超越其间，飞起如御风般自由，却终究只能站在楼底，脖颈拧断也望不见顶。所有求而不得的苦楚，必须割舍的残酷，都在人来人往神色匆忙中被忽略，甚至来不及舔伤，明天新的鞭子又打下来了。孤独源于都市的普遍低温，过错并不在香港。

平安夜的灯火辉煌，但人潮滚滚是消除寂寞的良药吗？巨大的圣诞树挂满礼物等待入梦，有几个真正幸福的梦境？站在密密麻麻、千篇一律的人群里，怎么找到自己？如果我不知道我是谁，你也不知道你是谁，为什么我们要相爱，又相恨？

全书与《桃花扇》自始至终贯穿作比，也成为另一个隐约对话的声音，二者相似之处既在于形式上设置了唱词选段和点评"下判词"的角色功能，"间离"之法带来"疏离"之感，以供作者倾诉或反思；也在于气脉上合于"离合载兴衰"，有人说李香君的故事最后，家国盖过艳情，我倒觉得，无谓把儿女情长和国家天下比个轻重，因为在这虚妄的世界，终究全都抓不住，才所谓"回头皆幻景，对面是何人"。

这一系列故事风格迥异，穿插有各色新移民，文艺青涩的、积极奋进的、悬浮游荡的，也有落于地上的港人港事，还有外来游客的猎奇旁观，情节上互生枝蔓，以视角的切换来连接故事。大都会的多元性体现于此：从不同的视角，每个人如何看待自己？又如何看待他人？其实了解自己已经如此困难，更别说理解别人了。人能心理自洽就很不易，谁知还要兼顾他人眼光！

在这样的不断反思中，全书前七章层层铺垫，每章都是对前一章的解构、重塑和不断反转，直到所有荒诞怪状用科幻设定所解释，但这设定也是被不断推翻中的，喻示着现代人处于被消解、被解构到乃至虚无的状态。最后两章借由昆剧戏词和剧本杀人物本的形式，把前面全部都予以重述调转，是形式上的高潮。而主旨的核心在前言与后记里：情爱、身份、性别、阶层乃至国族，一切都是可以虚构的，也就可以推倒，真真假假、你你我我混杂一起，说不清是好是坏，或许是后现代的普遍感受，就连"心"也被去中心化了。指不定地球也是一枚"银河漂"呢！

过于对抗的姿态，和高高筑起的心防，其实都源于内里的疲软与脆弱。然而如何与自己言和，治愈城市的沉疴，也让身居其间的个体从容自处，直至今日，港人仍在求索当中。或然人与人之间的完全理解几乎是不可能，但这种尝试仍然有意义且必要，因此有了第九章，哪怕只是短暂地体验成为他人。从另外的角度来讲，或也推动着一种更广泛融合的时代精神，大湾区的构建也许是一种方案。

而所谓身份认同，这是一个就连本地人都有着双重迷茫的地方。有人说，每个香港人往上数十八代，总有一代是从内地来，个个本地人都有外地人的血脉，其实融为一体。作为"港漂"，我是谁？我是哪里人？我属于哪个群体？不断地离开，每一个目的地都不是目的地，最终，这些问题要靠自己定义。

源起

昆曲，2001年联合国教科文组织首批"人类口述与非物质文化遗产代表作"。

中国传奇巅峰：《桃花扇》。

今日饰演李香君者：××省昆剧院，简离。

维港海边剧场，两侧的提词器依次打出几行字。窗外波光摇曳，人头攒动。细看，陆地亦随海风微微晃动。你听那笙箫扬起，锣鼓经敲，幕开，灯亮，你见那满地桃红斑斑，光影闪烁，疏密……眼波流转间，水袖飘摆，且待我唱最后一场：

吟游诗人谁似我？非金非银，惟有泪千行。旧恨填胸一笑抹，遇酒逢歌，随处留皆可。

我曾驻港岛，四处行游，目击时事。昨在太平山上，看一本新出传奇，名为《港漂记忆拼图》，讲是二十一世纪初香港近事。借离合之情，写兴亡之感，实人实事，有凭有据。不但耳闻，皆曾眼见，惹得奴家哭一回、笑一回、怒一回、骂一回。满座宾客，怎晓得奴就是戏中之人！

道犹未了，公子小姐早已登场，列位请看。请看。[1]

一 化用清·孔尚任：1699·桃花扇剧本，田沁鑫删改版本。

港漂 记忆拼图

吟光 著

The Memory Puzzles of Hong Kong Drifters

第一篇 遗忘患者

照相机

头层表分推

陀飞轮

图片

时代广场目型接绑

尖沙嘴

九龙塘

大学

黄埔场

深囊地铁

时代大厦

巨型挂钟

第一日

第二日

第三日

第四日

人

物

场

中国美术学院
China Academy of Art
创新设计学院
SCHOOL OF DESIGN&INNOVATION

小组成员：彭惠龙 陈姝璇 王梦成
艺术指导：端木琦 王志鹏 程 斌 项建恒

第一篇
遗忘患者（POV：宋思文）

> 永远在漂泊，永远在他乡。成为本地人太难，成为外地人却十分简单。

"以前香港最热闹是圣诞，现如今，比不上新年了。"阿Ray这样说。话里的追缅意味，宋别后来才意识到，当时他只随口回了句："维港的鱼腥味倒是多年没变。"

阿Ray听了不禁皱眉回头，只见宋别端起相机取景拍照，一连串动作流畅纯熟。阿Ray从中学毕业就出来做导游，熬到现在也算资历丰富——但这次的客户仍是他接待过最奇怪的。

姓名：宋别。性别：男。籍贯：不详。职业：不详。爱好：不详……除了简单的名字，其他一概不说，连性取向一栏都是不详！

刚开始拿到资料，阿Ray很头痛，做导游要先了解客人喜好，才能针对性带去购物场所。但他随即又想，对方大概不愿意透露隐私吧。冇所谓，反正提供好服务最紧要，这位客人穿着时髦，手上的相机看起来又先进，应该有的赚。这样想着，他努力用不标准的普通话附和："是咯！以前都没这样臭，这几年更加臭了。"

宋别瞟他一眼，闪过一丝稍纵即逝的烦躁——好像骨子里潜在的，他就是听不惯港普："你还是讲回广东话吧。"

阿Ray如蒙大赦，转换语言滔滔不绝起来：

第一日

"1861年，英军将港岛同埋九龙间嘅海港冠以女王之名，维多利亚港湾自此成为大英文明嘅见证，出名嘅星光大道同埋天星码头……"

而他的客人实际上没听进几句，望着对岸的灯牌走了神。"你不觉得维港的风景跟上海黄浦江很像啊？"有一个声音从脑中划过，"*反正没什么可看，所有的metropolis都差不多嘛！*"

霓虹闪烁，海浪反复拍打着岸，天星小轮随浪而晃，整座浮城似在夜色中飘摇。星光大道上立起巨型节日灯饰，数百颗悬挂的祝愿星星把黑夜照得光亮，恍如白昼，隔岸有烟火猝然升起，引得游客惊叫纷纷。宋别叹了口气，把相机收起来："没什么可拍的，所有的metropolis长得都差不多。"

正激情解说的阿Ray突然被打断，面上有些尴尬，但很快调整过来："係、係啊！过几日就係平安夜，嗰时先叫热闹……"阿Ray说着，又被自己口袋里的铃声打断，掏出手机按掉，而后迅速抬头，再度堆起笑容："宋生，沿呢条路行到尾，就係香港出名嘅海港城购物中心……"

第一天行程，宋别随便逛了逛尖沙咀，借口太累早早回宾馆——洗个热水澡，打开冷气，躺在床上用被子把自己裹成一团的时候，他才想起又忘记吃药了。

不填客户资料不是因为隐私，是他自己也不记得。这些年走了不少地方。江南烟胧雨，塞北孤天寂；蒙马特满街的马戏看遍，站在人群中好像那个演独幕剧的小丑；阿比斯库的雪野茫茫，等待极光被冻到以为不会活着出来……

他是这世间一缕幽魂，游游荡荡的，行李越背越少，最后只剩一堆回忆。这当中，印象最模糊的就是香港这座孤城。因此调转回来，寻找记忆。在他的生命中有一段空白，似乎在香港，又似乎不在。

医生说这是心因性失忆症，他被要求避风寒、保暖，防止诱发疾病。然而他习惯寒冷，冬天也把空调调低，寒冷中才能思考，感受到自己的意识。

窗外灯火一一熄灭，天光亮了起来，他的思绪连同身体一齐裹在被子里瑟瑟，最终也没有理出头绪。

第二日

"昨晚睡得点样，宋生?"

次日，阿Ray手拿吃剩的半个菠萝包，西服笔挺等在宾馆外。天气降温，宋别戴上灰色的套头帽，围脖斜披下来，不理会他的搭讪："今天去哪儿?"

"原本先去山顶，但系您瞓到下昼先出门，我哋就去行铜锣湾啦。"这位地陪估计是昨天没完成消费任务，今天赶着往商场跑。刚吃过下午茶，宋别倒不介意逛街消食。只是自己向来习惯独自轧马路，对身边有个唠唠叨叨的推销员不太满意。

琳琅满目的商铺，白天也开着明晃晃的大灯，商品价格动辄四五位数，展现出风姿绰约的华贵——价格的华贵。他心不在焉张望几眼，随意挑了件手信堵上对方的嘴，逃也似的坐上螺旋形扶手电梯。从电梯往下降的时候，城市的所有灯火辉煌落进眼底。

直到终于踏上地面，他才舒了口气。

"您睇吓个大钟，我哋模仿紧纽约时代广场，喺除夕夜办倒数庆祝，系香港最有特色嘅活动……"天色渐暗下来，阿Ray还在尽职讲说。顺着他手指的方向，宋别不耐烦地瞟了瞟，一眼望不到顶的高层建筑和被压缩成小方块的天在眼前打

转，人群一批批拥上来，熟悉的拥挤感 —— 他忽
觉眩晕，有零碎的记忆升起。

时代广场的巨型挂钟下，人潮挤踏，女孩被撞
来撞去，刷着手机等得很不耐烦 —— 直到男孩终
于捧出一大束玫瑰出现。就着咸腥海风，空气中弥
漫开荷尔蒙的味道。像所有剧情里演的那样浪漫，
男孩双眸闪烁，向对方高声喊道："遇见你，是我
来香港最幸福的事。"

男孩是他的好友S。作为广州人，S能讲一口
流利的粤语，是小圈子的中心。刚在一起的女友也
是内地来的，大家便起哄让S给女友送惊喜。

而他自己，此刻却站在远处的暗影里，抬头遥
望繁华高楼。

铜锣湾新旧楼宇林立，空间像集装箱狭小，人
如蚂蚁群居众多，站在街道中央，喘口气都困难。
曾经的他第一次看到这样高的楼，打心底惊叹，即
使什么都买不起，光看看就很满足，假装自己也是
这繁华盛世的一员。

不过此时他倒觉得，偌大的香港不过给这对恋
人做背景。

而且也因为，此刻赵宁正站在他身旁，一同望

向那对恋人。她的双眸在夜空中湛湛发亮，他咬咬唇，咳了声想说什么。赵宁一眼看过来。

女孩的笑容比霓虹更璀璨，只可惜转瞬即逝。

他心头生怯，话到嘴边又溜了回去，只剩一丝讪笑。

"宋生，宋先生！你点样？"阿Ray的声音听不真切，宋别摆摆头，想迈步却一脚踏空往旁边倒去。

"小心！"阿Ray话音未落，他已经撞到了人。

"对，对不起！"努力站直身子，他忙道歉，阿Ray也跟了过来，"对唔住对唔住"个不停。

"没事。"标准的普通话，听来如黄莺般脆生，"你走路小心。"

入眼竟是一双棉布花鞋，抬头，女人戴着墨镜，长丝巾迎风扬起，配着素色旗袍，在周围西装革履的人群中显得格格不入。他刚想回话，那女人转身走了，身后一条麻花辫长及腰身。

直到女人的身影消失在人流中，头痛缓解了些，阿Ray在身旁的唠叨也清晰起来："宋生你冇嘢哎吗？个女仔冇素养，转头就走……"

宋别不以为意，摆摆手："休息会儿吧。"

"咁食晚饭啰？嗰边就係食通天，你想食地咩？"阿Ray扶住宋别。

"498号。498号。498号係唔係度？"服务员毫无表情的脸上满是不耐烦，等待一个多小时的两人正靠墙小憩，闻声惊醒，高举着排号票挤过人群："係度！係度！"

时代广场旁的食肆永远人满为患，尤其口碑上佳的几间，比如这家寿司店。坐上餐桌时，隐约的熟悉感被坐实。"我来过这间店。"记忆拼图的拾捡，并非都是好事。本该高兴的话，他说得苦涩。

大约习惯了这位客人的不正常，阿Ray只耸耸肩："好嘢！"说罢咬下一块鲑鱼，吃得畅快。载着寿司和生鱼片的运输带在眼前转过，宋别却没了胃口。

他想起来了。

刚来香港那会儿，像寻找安全感的羊群，内地生通常都要哄哄闹闹扎堆出游。那天也是时代广场，他最好的兄弟S很高兴，因此他也高兴。那场闹剧当中，赵宁也在人群里。表白结束后众人去KTV庆祝，一片嘈杂声，宋别鼓起勇气清了清嗓子："我……我新学了首曲子《倾城》，其中有几句特别……"

可是旁人的声音盖过了他："来来来，快点歌！"

"要什么情歌，当然唱热闹的!《High歌》啊!"

他追赵宁追得众所周知，还学了尤克里里，这次出行打算唱给对方，然而这点心思在哄闹中被忽略不提。S拍拍他的肩，摇头。他眼神躲闪了几秒，垂下双眸，把琴盒放回书包。

他的黯然神伤，被最好甚至唯一的兄弟S看在眼里，自然要狠狠嘲笑。S是颇受女生欢迎的，深谙套路，给他出主意："你不能总悄无声息地等，要主动出击，懂吗？女生虚荣，喜欢当着人面的热烈追求，尤其赵宁这种眼高于顶的女生!"S说得没错。赵宁小有姿色，成绩也优异，因而向来眼高，追她的人不在少数。可宋别天性软绵，以歌传情就是最大的表达。他也自知是备胎罢了，但那时对很多事情还有指望，总觉得装作若无其事一直守候身边，也许她就感动了呢。

没等到赵宁感动的这一天，S失恋的消息却很快传来。

关于这场他以为是真爱又半路给个耳光的分手，他不理解，倒有人懂。学长见惯了离散，说得直接："港漂的感情大都脆弱，不过是相互取暖，因为寂寞一起排遣罢了。"是这样吗？他不知道。他只知道，单方面的付出只让自己更寂寞——但他渐渐想通，或许爱本就是一个人的事。于是他不再奢望，只自个儿坚持。

无论如何，兄弟受伤颓废，他不能袖手旁观。S的前女友很快结交新男友。于是那时候他和赵宁有一个共同的秘密任务，就是陪S。与赵宁分享秘密的感觉让他幸福，总归是两人的交集——就像躺在寿司旁的白萝卜丝，虽然只是配菜，细细品尝却有一丝甜意。

忆起往事，现实里的宋别坐在日料店，有些心猿意马。配着萝卜丝，他吞了块鲑鱼。不小心放多芥末，辣得双耳冒火眼泪直流，回忆就此中断。"小心！"阿Ray见状递来茶杯，他似已察觉这位客人其实不擅粤语，自觉改回普通话，"这里的芥末好劲。"

宋别咽了口气："没事。我知道。"

饭后，宋别提出要去兰桂坊。途中，阿Ray的电话一次接一次响起。"对唔住。"终于忍不下去，阿Ray按了接听键，捂起嘴压低声音，"Emily同你讲过，工作时冇打来……今日唔得闲……

喂？喂！"

被挂了电话，阿 Ray 露出一秒钟的茫然神情。

"女朋友吗?"宋别拍拍他，"没事，今天就到这儿，你先回吧。"

"对唔住对唔住！我 girlfriend 想买包包，话是限量版，一定要今日去。"

兰桂坊离地铁站不远，其实不用指路，宋别也记得怎么走。白天这里与普通街道没差别，保留的一条青石板路并不能使它吸引关注。然而当夜幕降临时，整条街反而醒了过来。华灯亮起，花花绿绿的招牌旋转着打出闪光，每家酒吧都传来吵闹的音乐。一圈圈酒鬼手拿酒瓶，跟随音乐摇头摆脑，满口脏话。几年不见，兰桂坊也没什么变化。

第一次来这里是跟赵宁和 S，最后却因高档酒吧的入场费太高而提前离席。他记得，路边有个鬼佬靠着垃圾桶抽烟，瞥一眼他们，朝空中吐了口烟圈。

宋别甩甩头，随意找了间酒吧进去，坐到无人角落将套头帽拉下来，发呆。

"来，咱们比比谁先喝完这桶!"邻桌传来吆喝声，果然是"一桶"啤酒，玻璃制的罐子，半人那

么高，第一次看服务员端来时很开眼界。不过那已经不是第一次。中秋节至，飘零的港漂为遣乡愁抱团前往兰桂坊。与其说乡愁，真正想逃避的大概是独自待在小屋的空落落。

不要入场费的低档酒吧，一行十几人分坐两桌，四周被粤语和英文包围，这边肆无忌惮地飙着普通话，夹带几句国骂，总算有点过节的气氛。

"宋宋啊，来，我俩一起敬你。"赵宁和S举起酒杯，吞吞吐吐。

"怎么，你们最近搞什么？""我俩"二字听得他不太舒服，但没表现出来，"不是做了亏心事吧，哈哈！"

二人对视一眼，气氛忽然尴尬起来。场子有点干，只有他兀自笑着。

"我跟她在一起了。"一口气说出来，S干掉自己的酒。赵宁眨眨美目，仰起头也一口闷。

时间卡住两秒，他保持敬酒的姿势盯着杯子，黄色液体泛出泡泡。他以为自己会暴怒，但他没有。"你他妈真有脸说出来。"良久，他只是重重放下了酒杯，玻璃撞击桌面发出一声巨响。

S有点愧疚，伸手想捶他的肩："遇见宁宁是我来香港最幸福的事。但我们也想得到你的祝福，毕竟兄弟一场……"

宋别冷哼一声,肩膀一挺躲了过去。他骂句
脏话,不看二人一眼,出门去隔壁7-11买了包烟。
那是他第一次抽烟,吊儿郎当靠着垃圾桶看人来人
往,跟路边酒鬼没什么两样。开始呛了两下,后来
有人来找他借火,他也莫名熟练地应了。待到回座
才发觉,原来根本没人注意到自己的离开。整桌人
玩接龙游戏到兴头上,刚才那桶酒也被拿走做道具
了。他拉过空杯子,拧开酒桶的龙头重新接满酒。

"要么选我,要么选她。"避开赵宁,他向着S
抛下最后一句,然后一饮而尽。

那种问题,恐怕只有当年白痴的自己问得出
来。宋别揉着越来越痛的脑袋。自那以后,再没跟
他们联系,那次酒席也成了离别宴。

酒吧旋转灯打过来,刺得他眼花。穿过岁月,
当初的自己就坐在酒吧的另一边,那个看不懂酒
名又不会讲粤语,尴尬在吧台嗫嚅的少年。是组
成自己的部分,是寻找的目的,和再也回不去的
从前。

如掏出兜里破碎的纸条那样,想起来了。他
曾在香港念大学,学到带有浓重口音的粤语,结交

一群半假半真的朋友，跟他们一起走遍这座空城。

"先生，坐喺酒吧嘅客人，需要消费到……"服务生走过来，客气地打断宋别的回忆。他瞥了一眼对方，揣起一鳞半爪的记忆，懒懒起身移向吧台。

"请给我一瓶蓝色的饮料，就那个……哦不，左边……"走到价目表前，听到熟悉的普通话，一转头，麻花辫正对着他。似乎是方才撞见的陌生女人呢。他略带玩味地看戏，那番不懂粤语却又想要点酒的窘境——她满是热忱，而服务员一脸困惑，几次后终于不耐烦，冷眼不再搭理。

像曾经那个无能又无助的自己。

"Bacardi Breezier唔该。"宋别探身对服务员说，结束了双方的交流障碍。

女人起身道谢，柳眉弯起来，眼睛笑成两条月牙。宋别向柜台那边喊："仲有一杯Old Fashioned，一齐埋单。"

"啊，你！我们是不是在时代广场见过？"

"下午戴了墨镜，这会儿没认出来。"宋别礼节周到地举杯，"您的眼睛很美，不需要遮住它。"

女人有些不好意思，微微笑着举杯向宋别示意。宋别从吧台拿来装着冰块的空杯子，把酒倒进去："听口音您也是江浙人？我叫宋别，请问怎么称呼?"来这种地方却不会喝酒,大概是游客。

对方展颜,一饮而尽:"简离。"

如他所料,他的这位同乡是游客,又不仅是游客。香港每年邀请内地艺术团来表演,她正是其中一位花旦,简离是艺名。今晚没有演出便到处逛逛,独自一人,知道兰桂坊是什么地方,她倒敢来。

"刚坐电车绕港岛一圈,金钟地铁站外的建筑群挂上圣诞灯饰,似乎还有城市题材的光雕影展,看起来好漂亮啊!像在港剧里一样。"她兴致很高,大耳环直晃。

"噢,是嘛。"宋别附和敷衍。

"是呀!听说落雨时分坐叮叮车别有风味,你见过吗?"不知道从哪里看来的旅游指南,简离说得激动。

"还可以吧,没见过。"

简离转过身来,露出疑惑:"这么美的风景,为什么听起来你没兴趣呢?"

"啊?"像被惊了一下,他猛然从游离中回魂,"有吗?"他好像有点明白了,也许自己患上遗忘症,根本是因为不想记得。

高楼外挂起巨大的"Merry Christmas"荧光屏，还有鹿车、铃铛，红红绿绿闪着光，白胡子老人在旁慈眉善目，是圣诞灯饰的传统配置，为即将到来的节日铺垫气氛。五颜六色的广告牌悬浮空中，彰显着大品牌才有的规格，然而从他的位置看不清楚。他在高耸建筑的最下端，准确地说，是楼外。

这学期最后一天的课还是走了神，他又自责又无法自控，几次试图抓回思绪，但控制不住还是飞走，等听到教授宣布下课，窗外已经天黑。长叹一口气，活动僵硬的肩膀，望着黑板上留的功课，这才清醒过来 —— 又荒废一节课。又荒废一天。又荒废一学期。又荒废一年。

反正日子都这么过。不比谁好，也不比谁差。这样宽慰自己，他眼神放空踏出教室，游魂一般走过天桥。细细密密的雨珠打到身上，衣服因出汗而更加黏糊糊。这鬼天气，他暗想。习惯性刷着手机，脚步跟脑子一样动得慢：节日要来了，该怎么欢庆，才能藏起这孤寂的真相呢？

晚上的地铁仍然人很多，他被挤得摇来晃去，只得拼命去抓近在咫尺的手柄。然后下车，出地铁站，凭本能往海边的方向走去，终于清静了点。但冷风卷来，吹得人几乎离地。

"忘掉天地，仿佛也想不起自己。仍未忘相约看漫天黄叶远飞。"

他养成一个习惯，在宿舍用音箱大声放音乐，因此常被投诉。此时，这句歌词不知怎的溜到嘴边，吼了出来，声音在风中颤抖。这里的繁华曾经让他羡慕，如今教他迷失。内地生大多成绩好，拿了奖学金，受到港生的排挤；而他不够聪明，考不到头几名，又遭到内地生的冷漠。到底该怎么做，才能融入这叵测的人群？

他尝试加进社团，跟随人群假装赞同，但总有股反动力让心阵痛。他很想爱上，但这个地方不会好好接受他的爱。不知道自己什么时候变成这副样子的，生活是慢慢渗透药力的过程，摧心蚀骨。昨天，他眼见舍友抑郁症复发，脱光衣服从考场裸奔到地铁站，最后被抓住送去医院。

北风中他眯起眼，望向明亮的高楼，和楼与楼之间漆黑的天空。

也许学长说得对，独自在外漂，感情和其他东西一样，不过是消除寂寞的寄托。这样想想，S的背弃根本不值得介意。而他，只是没有被选择的工具。

然而不管什么寄托，只要不再像现在这么冷。

永远被排斥在外的滋味，他受够了。终于承认，哪

怕是虚假的温暖，还是泡沫，也强过真实的寒冷。

宋别笑得并无破绽，保持斜靠柜台的姿势，一边走神，一边继续听对方闲聊。

"明天我们在城市大学有示范表演。"临别前，简离从包里翻出一张票，"有兴趣的话欢迎捧场。"

"有时间一定去。祝演出成功！"他的头又开始痛，简短地说结束语。对方转身离去。宋别望着独自向远的背影，直起身喊："简离小姐，您的真名是什么？"

"艺名用久了，倒不记得本名。就叫我简离好了。"

像被刺痛了什么，宋别记忆中的某个片段隐约闪光："需不需要送您回去？"

她背身挥挥手："放心，来之前就查好了通宵小巴。每次我都是一个人逛的。"

"都是一个人 …… 吗？"

第三日

宋别从睡梦中猛地惊醒，窗外天光发白，俨然已是清晨。又一晚挨过去了。

寻找有了方向，第三天当听到他主动提出去九龙塘，不出所料阿Ray很是兴奋："又一城Shopping Mall有全港最高的室内圣诞树。"看这地陪强作正色的样子，宋别倒被逗笑了。

从地铁站C出口，经过一条长长的通道，再顺着扶手电梯踏上商场透亮的地砖，熟悉感铺天盖地涌来。一层层逛去，服装店、香水店、领带店、首饰店……阿Ray全程落在后面，气喘吁吁："宋、宋生，你、你走得好快啊！"

宋别伸手指了指："前面是一间电影院。"

"是啊！怎样？"阿Ray顺他的手势张望。

"我大学时候，学校就在旁边，常常逃课来这里。"宋别转身继续走，嘴角终于露出缅怀笑意。是了，这里他不能更熟悉。无数次重复的路径，只是印象中就算跟别人一起的时候，也像自己一人。

商场中央矗立一株巨大的人造圣诞树，挂满闪光星星、毛绒玩偶和铃铛，装点一个个看似幸福的梦境。灯光变出七彩颜色，在眼里闪出焕彩又很快泯灭，一场寂寞的烟花。红、橙、黄、绿、青、蓝、紫，他望了好久，傻子一样数着。

"游客越来越多，香港的经济都要靠你们啦。"身边拥过一批讲着普通话的人群，阿Ray苦笑，"哪像过去，一过关就被抢钱包，脏乱……宋生，要不要影张相做纪念?"阿Ray大约自知说错话，赶紧转了话题。

他曾很多次见过这棵树，跟不同人拍照。而现在，这些人散落天涯，音讯杳无。世事不过如此。照片留着，又有什么可纪念呢?"不了。我不拍人像。"宋别终究没多说什么。

"宋思文!"远处传来喊声。明明不是叫他的名字，他却鬼使神差回了头 —— 那是个矮矮小小的女生，齐肩短发很干练的样子，"宋宋，我是邱晓雨啊，你该不会忘了吧!"她走过来，笑得满面春风。

宋别的表情有瞬间空白，而后很快握住对方伸出的手："怎么会呢，好久不见，主席大人。"

拜这位老同学所赐，突然间打通任督二脉，他一切都记起来了。他从前并不叫宋别，这名字是后来自己改的，难怪每当搜索以往的记忆，就像输错了文件名，怎么都找不到。面前的邱晓雨是同一届来港内地生，任过内地生协会的主席，跟她有过几次接触。"哟，这谁啊?"邱主席用玩味的眼光看阿 Ray。

"好久没回香港，托旅行社找了个地陪。"

邱晓雨揶揄道："几年不见，老地方都不认得了，回个学校还要找地陪？走，今天姐给你当地陪，罚你请我吃饭。"

溜冰场边的比萨店口味上佳，价格适中，被称为"屌丝的天堂"，他们上学时候常去聚餐。"报社来商场做采访，没想到碰见你！"阿 Ray 先走了，点完单，邱晓雨热聊起来。

"你现在留下来了？能在香港打拼，挺厉害。"盯着溜冰场，宋思文回得有一搭没一搭。

"每天起早贪黑卖命，工资还那么少！"邱晓雨端起咖啡，抱怨得激昂，"你不是不知道最近物价多高，吃个简餐也要上百，租房就用掉收入的一半，还小得跟个储物仓似的 …… 这鬼地方，做牛做马一辈子也买不起房 —— 鬼才留下来啊！噢，对了，也就赵宁那种人能留下来。"

听到熟悉的名字，宋思文一愣。邱晓雨了解他们当年的风风雨雨，抬眉看了一眼对方，见没有什么反应才继续说道："在学校就出尽风头，如今她可是同届同学中混得最好的！月薪是我们的三四倍，住的是高级公寓，入的是高档酒吧 …… 哎你知道吗，她早跟S分手了！听说现在来往的都是富豪，可不钱多!"

宋思文知道，当年赵宁以几分之差在奖学金竞争中压过邱晓雨一头，现下听了这些消息，也就淡淡叹口气："外资投行，狼争虎斗的动物世界，钱不好赚。恐怕没时间去想多的。"

"你倒了解她? 哼。"邱晓雨撇撇嘴，露出暧昧的冷笑。

宋思文不接话，反问道："话说回来，你的感情生活怎么样，有找到喜欢的人吗? 我记得当年邱主席眼光可是很高。"

对方撇了撇嘴，竟然冒出这么一句："他是跟你一样的人。"

"什么意思?"他心中一刺。

"性取向不合呗。"

宋思文滞住了，干笑两声，换了话题："算算有七年了，你也快换永居身份证了吧，未来打算如何?"

谁知这话如一道刀锋，截断了对方的冷嘲热讽，语调骤低下来："熬完今年拿到香港身份，终于可以走人了。"

"走了? 不留下来呀?"这倒叫宋思文诧异。留下来，是许多人死守的战垒 —— 这位前内地生协会主席向来争强好胜，伶牙俐齿，怎会轻易低头？

对方放下咖啡，笑里带讽："留下来？说实在的，我们这批人不都冲着永居身份的优待资源，出国免签、福利优渥。但是谁愿意真的一辈子耗在这里？待满七年拿到身份证，立马走人！"

"永居的意思是永远居住于此，那何必……"话一出口他就后悔了，明知故问。

"你还不如问，当初为什么来？我哪知道！给你说个故事，我们采访时候听到的：有个富人，每年过节的时候要去乡下穷亲戚家做客，带着大包小包最时髦先进的礼物，接济对方。直到有一天他发现，那个穷亲戚变了，变得比他更有钱、更发达，甚至可以把礼物狠狠砸在他脸上，你说他该怎么办？再讲个故事，一个村里的孩子被城里养母接去，教你弹琴写字，就觉得自己是上等人。直到有天你必须要回到村里亲妈的身边，百般嫌弃和不屑，但又抹不掉这血统。"邱晓雨狠狠咬牙，末了却说得意兴阑珊，"人要是能想做什么就做什么，不想做什么就不做，那才好了。其实我不该说赵宁。这个年代笑贫不笑娼，我们终将成为自己看不上的那种人。"

比萨上来了，打断二人谈话。服务生殷勤地布菜，宋思文想起邱晓雨刚刚低声说"不觉得服务员都笑得很假吗"，忽然觉得阿Ray和邱晓雨的人生观是如此截然不同，从某种角度来说却又完全一样。

"讲来倒是羡慕你。"食物消减了女人的一部分怨气，她这会儿有些感伤，"我还后悔没给自己gap year去看看世界，当时赶着考研、工作，就怕耽误时间。现在想想，争来争去也没什么意思。"

"有什么好看的?"宋思文有一搭没一搭安慰着对方，眼神又习惯性开始放空，"我还羡慕你有个落脚处呢。其实去了好多地方，也没找到什么意思。"

吃过饭，邱晓雨匆匆告别要回去赶稿。宋思文独自晃悠，在楼下超市买了捧鲜花，凭印象找到校园的路。明亮的会堂，年轻的面庞，让他仿佛回到大学。

表演刚刚开始。

示范演出由不同剧目串联，入场时正演着铿锵的秦腔。翻节目单，却找不到简离的名字。乐声咿咿呀呀响起，他舒了口气，将身体重量交给椅子，近日来紧绷的神经得到舒缓。"接下来是闺门旦简离出场，她将带来《荆钗记》片段，展示舞袖基本功。"简短的中场报幕，一位身着桃色戏服、扮相艳丽如画中人的花旦踏着小步出场。宋思文坐直上身。

她徐徐发声，唱腔细腻温婉，眼波流转间好似换了个人，叫人移不开目光。长袖曼舞，柳绿桃红，倏忽间已是江南。

如此熟悉，像他的故乡。

记忆中从小听到大的方言唱腔，让他想起老家的小镇——春风绵软，田埂头有孩子在赤足奔跑，儿时画面和讲母语的样子在眼前掠过。他还有故乡吗？坐上前往香港班机的那刻起，就在不断离别中度过，如果故乡是祖先流浪的最后一站，他一直在离开，从未停留，哪里还能称为故乡？事到如今，恐怕只这乡音告诉他回到故土。

台上，简离最后一次将长袖收起又抛出的刹那，台下宋思文的心中颤了颤。椅背柔软，他好像陷了进去，又似整个人浮在半空。

是走过很多地方，才渐渐明白，孤独源于都市的普遍低温，过错并不在香港。邱晓雨她们抱怨，也只是身处其中的不满，她需要离开，以及新的出发。

人总会不满自己身处的地方。

曾经有段时间，他受过的情伤发炎，像逃避消炎药似的躲开女人，直到身边兄弟越来越多。第一次见到B是在嘈杂的KTV。四周人哄闹着喝酒聊天，嘶吼走调一个接一个，听得他心烦 —— 直到带着哭腔和抖震的声音低低响起。

红眼睛　幽幽地看着这孤城

如同苦笑挤出的高兴[1]

他从座中弹起，在人堆里搜索声音来源，那是个戴眼镜的男生，嗓音沙哑，昏暗灯光下眉目不清。许多年前的记忆被惊醒，同样杂乱的KTV，同样动情的一首歌。他却没有唱出口。

烟花会谢　笙歌会停

显得这故事尾声　更动听

包厢中人群还在高谈阔论，但他只听得见、看得见那唱歌的人。我也曾经憧憬过，后来没结果，只能靠一首歌在说我。

抱着这种共鸣，他开始接近B，约他出来打球，喝酒，送他票一起听演唱会，轻描淡写地说是买多一张。甚至邀他去兰桂坊碰杯，那是自己熟

一　许美静：倾城。

悉不多的几个地方之一了 —— 城里的娱乐说多也
多，说少则少，除了KTV，就是酒吧。但除了这
些，他不敢再说什么，也不敢做什么。如果踏出一
步就是万丈深渊，他宁愿永远停留在原地。

直到那天，因为要买词典他们来到又一城的
Page One。B拿着一本《陀飞轮》，兴冲冲地谈起
相机、金表、跑车和雪茄的款式。他心里有处高耸
的楼阁，忽然之间坍塌了。

"现在只要有钱，什么都可以拥有。"他心不在
焉，懒懒回了句。

"这是个用资本堆积起来的时代，还能怎么样
呢？"B翻翻价格，兴味索然地合上，放回架子里，
"哪有地方不是这样呢？"

"俺曾见金陵玉殿莺啼晓，秦淮水榭花开早，
谁知道容易冰消！眼看他起朱楼，眼看他宴宾客，
眼看他楼塌了！"[1]等宋思文从记忆中再度回神，台
上已经换了人。一位鹤发白须的老生语调凄清，唱
着收场曲，"残山梦最真，旧境丢难掉！诌一套《哀
江南》，放悲声唱到老。"老人双手一振，发出最后
的悲声，眼内似有江河奔涌。

"好！"全场静寂几秒，欢呼声四起。

一 孔尚任：桃花扇。

没想到尾曲这么苍凉，宋思文有些发愣。像冥冥中的某种预言，萦绕脑海不能淡去。他自觉坐在一艘正在倾覆的大船上，船上人如天灾到来前的动物那样惊慌失措、反应剧烈，却只能做尽无力的挣扎。

要逃离倾覆的大船，有什么错吗？他想。

但如果离开只是一种逃避，是不是更印证了他的软弱？

第四日

第四天，12月24日。宋思文习惯了晚睡晚起，他的一天向来都是从下午开始。"去沙田逛逛吧，跟朋友约了。"

"老同学?"即便是平安夜，阿Ray还保持西装头型齐整，这份尽职连宋思文也生起佩服。

"昨晚看戏约的演员。"

"艳遇噻!"相处几天熟了，阿Ray打趣起来，"女演员都很靓咯!"

宋思文不置可否:"我不中意女人。"见对方一副吓到的神情，他终于笑出声，"讲笑咯!"

仿佛世界上的景点在阿Ray眼里只有两种:购物商场和非购物商场。沙田的新城市广场实在没什么可看，灯饰矮小得像得了侏儒症，但还是有人排队合照。宋思文听不进讲解，走神闲聊:"你说，辛苦赚钱来有什么意思?"

"有时也累。"阿Ray答得认真，"但每次跟家人出门有能力付账，就感觉好满足!"宋思文侧头看看导游，不禁也有些动容。

"上个礼拜我去那边IKEA看家具。"见气氛放松，阿Ray闲谈起来。

"准备买房吗?"宋思文饶有兴致地问。

"咁都唔係……"闻言，对方的神色黯淡下

来，"还要攒钱咯。唉，现在香港房价越来越高，平民百姓点买得起⋯⋯"宋思文没听到这句话，因为望见迎面有个女人正怒气冲冲往这边走来。

"你成日都好忙，今日Christmas仲要陪其他人？"那女人冲他们的方向，开口就是噼里啪啦的责备砸过来。

"Emily！点解你係度？"阿Ray吃了一惊，拉过她压低声音，"唔好讲啦，係我嘅客人！"

女人却不给面子，冷哼一声，又白了宋思文一眼，还想开口说什么。阿Ray忙将她拉扯开来："我陪客先，迟啲揾你？"

"唔嗻了。"女人嫌弃地推开阿Ray，理理自己的短裙，像是做年终总结一般，丢下一句话便趾高气扬地离开了，"我已经揾咗钱，下一年去英国读书。再见！"

阿Ray不知所措立在原地，尴尬地看向宋思文。宋思文耸耸肩，给了两个人解脱："去追她吧。"

被打扰心情，到了和简离见面的时候，他难免有些郁郁。

"谢谢你昨天来捧场啊！"简离用小毡帽包住长辫，倒是精神很好的样子，"我还是第一次收到观众献花呢！"

"演出很美。怎么没在节目单上找到名字？"

"我在团里是B角，不是每次都有机会表演的。"简离歪了歪头，笑道，"来了好几趟还是第一次上台。真巧让你碰到！"

宋思文点头，忽然泛上心酸。作为名字都不能写上节目单的B角，说起来却有发自心底的淡然。而他活了二十多年，日日焦虑，不明白这样的淡然从何而来。"本打算请你吃西餐，怎么想到这里？"换了话题，宋思文带路往火锅摊走去。昨天提出共进晚餐，对方却坚持要来沙田围。

"就想看看有特色的地方呀！"她眼神亮亮，对大排档弯曲的队伍很新奇，"西餐厅哪都有，这种市井味才有意思呢。"

他们来得早，还算快就上了桌。火锅咕噜咕噜烧开了，热气冒上来，水雾缭绕中，视线不再清晰。好像他的生活，脱下高度近视的眼镜一样模糊不清。不过多年的教养让他很容易找到话题："昨天演出，我很喜欢结尾那支曲子。"

"噢，你说《离亭宴》。"简离想了想。

"好凄凉的名字。就像那幕剧一样，那么伤感。"宋思文伸出筷子的手陡然愣住，若有所思。

咽下一块牛肉，简离烫得吐吐舌头："没什么大不了的，像我们一样，每一场相聚终要别离。通常而言，只有在离开的时候，才最想念。"

宋思文闻言，眼中蓄起笑意："说起来，明天你要离开香港了，今晚算是送别宴。"

"是啊。你名字很有意思，宋别，是自己取的吗？"简离望过来。

他张了张嘴，却发现什么也说不出。要怎么解释？他的人生。重重的离别，却没有一次正式的告别。已恨碧山相阻隔，碧山还被暮云遮。终究，什么也没说，他只是举起杯："简离小姐，敬你一杯。明日隔山岳，世事两茫茫。"

"别这么悲观。离别，原本是简单的事 ——我会说 —— 海内存知己，天涯若比邻。"对方带着戏腔念白的韵味，半认真半玩笑道。

"是吗？只有不谙世事又不切实际的时候，才会一味乐观吧 …… "宋思文苦笑着摇头，忽而意识到失礼，一口干了酒致歉，"酒后胡话，莫当真。"

简离的神情定住一秒钟，很快又恢复如常，饮尽杯中酒："别想太多了。等回到家乡，欢迎再听我唱戏。"

就好像邱晓雨口中抱怨着香港却不离开香港，宋思文瞧不上节日倒数的俗气，但终究未能免俗。

平安夜的尖沙咀灯饰林立，到处都是人流翻滚。为了防止踩踏，几段路被封了，他们跟着仿佛打了压缩剂的过街人群艰难移动，前胸贴后背到不能呼吸，其实更易踩踏，直至来到维港边才终于散开。这样的地方，人与人的距离越近反而越恐惧，眼神躲闪，内心慌张。

"好热闹呀，跟我家那边的小镇完全不同呢。"简离笑着喘气，心情很好的样子，发现什么似的向前走去。

红砖花岗的钟楼高高仁立，睁着卡西莫多的眼睛，静观来往世人。忽而传来吉他声，融进嘈杂里莫名和谐，海风阵阵，行人目不斜视走过，卖唱的小伙兀自在寒风中唱得投入。

Lonely, lonely Christmas

Merry, merry Christmas

明日灯饰必须拆下

换到欢呼声不过一刹 [1]

"你看，他们多么真实。"简离忽然发声，脸上

1 陈奕迅：*Lonely Christmas*。

有一种温柔，眼中闪动灵光，"即便是溺水者，身不由己在浪里起伏，但谁说不可以尽自己的挣扎。"

宋思文看着对方恍了神。隔膜的薄冰渐次融化，恍惚间，他想起当年来港的自己，那个遗失已久的自己。有什么藏在海底深处的东西，正悄悄涌上来。

人群鼎沸，倾诉的话不由得从嘴边溜出。

宋思文想起那个清醒的夜晚，和很多个醉酒的夜晚：来港，离港，失忆，重游。无论S还是B，赵宁还是邱晓雨，那些爱过的、恨过的，在他脑海里匆匆掠过，记忆片段的顺序错乱不堪，到最后全然一片面目模糊。在其中，最模糊不清的身影竟是他自己 —— 仿佛世上的一切都在身边轰然倒塌，而他提剑四顾心茫然，只能做个无能为力的送别人。

"你说，我在这儿待了四年，怎么可能就忘记了呢?"一群年轻人嬉戏跑过，狂欢的笑声听来也像哀悼的音乐。他不明白，他们在笑什么呢? 人潮涌动仿佛是消解孤寂的良药。你看，每个人脸上都露出一模一样欢乐的笑容。

"这不是一个容易被记住的城市。"

他回头望向简离，对方的面容在霓虹闪烁下模糊。

海浪在身边拍打着岸，他听见自己空灵的声音仿佛落进虚空："发生过的事如果忘却，那并不是真的失忆，而是从来没有记住吧。站在密密麻麻、千篇一律的人群里，怎么找得到自己？"

女子婉约的声音仿佛来自上一个世纪，那个节奏缓慢而优雅的时代："偌大的城市，恢宏的时代，不是为你而造 —— 也不为任何人而造。弄明白这一点，便不会被欲望折磨得寝食难安，也不会因失落而万念俱灰。"

"大概，这也不是一个容易被记住的年代。"

"五，四，三，二，一。"圣诞的钟声终于响起，又是一年了。

"秦淮水榭花开早，谁知道容易冰消。"零点到来，众人齐声倒数。喧闹的背景中，简离忽然扬起唱腔，声音纤弱似在空中飘散，好像从很远的地方传来。"所有的 metropolis 都差不多。"

可是我都做了什么？我和谁在一起？那句熟悉的话，是谁说的？泪眼朦胧中，他朝着对岸灯火伸出手，抓住却是虚空。

宋思文在维港的人群里，寒风冻得他一哆嗦，夜色再次吞噬了他的记忆。扑通一声，巨大的浪花映得隔岸烟火更加绚烂，而后很快湮入黑暗。

港 漂

吟光 著

记忆拼图

第二篇 偏离

The Memory Puzzles of Hong Kong Drifters

Amily

来到了一个与初心重叠却又偏离的平行宇宙。身边的一切仿佛都在轰然崩塌，高楼也塌了。

它的轨道没有偏离，欲望却偏离了，心中的煎熬一丝不减。

她再度感到羞辱。并且，已经习惯与羞辱相伴。

赚钱慢是原罪。一旦接受了新自由主义的逻辑，就会忙成狗。

她是Amily。她坚信这一点，

自己在漫漫生命中就要失去一个人了。

只要通过今天的精心筹划和积累，一定能掌握明天的选择权与自由。

有些事，古怪的不一样了呢

"反正没什么可看，所有的 Metropolis 都差不多嘛。

第二次梦

第一次梦

赵宁

2010

2014

2013

中国美术学院
China Academy of Art
创新设计学院
SCHOOL OF DESIGN&INNOVATION

小组成员：尹璟璇　赵思羽　崔明佳
艺术指导：端木琦　王志鹏　程 斌　项建恒

第二篇
偏离（POV：赵宁）

> 赚钱慢是原罪。一旦接受了新自由主义的逻辑，就会忙成狗。

楔子

去香港的每个人，后来都偏离了初衷。

东经114度10分，北纬22度17分，这里是全球三大金融中心之一，与纽约、伦敦并称"纽伦港"：最自由和最具竞争力的经济体，人口密度高居世界第三，被GaWC评为国际一线城市。

每日上班路途，Amily踩着高跟鞋，化上浓妆，昂首阔步走进中环核心地带——闪过那么一刻的幻觉，自己是已经到达了理想。

然而很快，这一切被放工后的精疲力竭与黯然寡淡打回现实。在冰冷咖啡厅吃冰冷低脂沙拉餐的她出来得急，外套又落在公司，瑟瑟发抖只能双手环抱住自己。

记得刚来香港，即使被空调吹到感冒，跟不认识的人拼桌一起，她也自我宽慰："下次记得带外套就好了。"而现在她只能忧伤五分钟，立刻拎起包包赶路——今夜金融行业顶级聚会，她原本不够资历参加，全靠上司邀请这才成行。细高跟鞋已在脚底刺了整天，痛穿骨髓，Amily无暇顾及，熟练地脚尖着地，加速跑向地铁站。

"前往中环的列车到站，请先让车上的乘客落车，按序上车。"Amily跟随人群上车，以手撑脸陷入假寐。有时候，她感觉自己正在穿越荆棘，一条光彩照人却布满伤害的路，仿佛置身水下城，在弥漫水草的海浪里拼命挣扎与扑腾，只求不溺水而亡。道路尽头有一盏模模糊糊的灯盏在指引——那是最初的本心。

她能走得回去吗？

地方还是那个地方，她还是那个她。但路径，好像偏离了。

最开始的时候，她还不叫Amily，而是一个读来黄鹂嘤嘤的名字：赵宁。

仿似一阕古老音韵将入梦

仿似一抹将褪不褪颜色[1]

A. 情流夜中环（前）

巨幅广告屏闪烁之下，酒鬼的脚底积满一圈圈空瓶子，跟随着音乐摇头摆尾，大声交谈 —— 这是中环，数不尽的外资银行和跨国金融机构，还有中外驰名的酒吧街"兰桂坊"，以及她在兰桂坊散碎一地的记忆。

"去过兰桂坊吗？"

"你连兰桂坊都没去过？"

"一起去兰桂坊吧！"

刚到此地，内地生急着探寻新世界，赵宁也不例外，但跑遍全城，唯独不去兰桂坊。

她来香港前从不喝酒。故乡小镇的升学压力大，家人管得又严，甚至都不敢九点以后回家。所以起初听说要去酒吧街，她是忐忑的，在镜子前连换几次衣裳，总是犹豫难下决心。

然而被问的次数多了，受到白眼久了，终于难耐不甘。第一个留港的平安夜，虽然身体略有不适，她还是应了学姐邀约。换上从家中带来最贵、只有开学典礼穿过一次的新裙子，又求着香港室友Emily半不情愿地帮忙化了淡妆，赵宁终于提起一颗心，踏上夜色出门去。

　　敢去的原因，也因好友施青与宋思文在旁相陪。作为广州人，施青不同于刚来香港连话都不会说的内地新生，能讲一口流利的粤语，办事也游刃有余，是小圈子的中心。而宋思文是施青同屋，一个温和的江南男子，没什么主见，倒很照顾她。

　　天上无云，烟火燃起灿烂，不及地下的声色耀眼，把黑夜照得光亮。平安夜人流最多，平时飞驰的出租车如今也挪不动了，他们只得下了车，跟随过街人群艰难地进行移动。知道城里人多，但当全城的人都集中到一处，那份拥挤着实叫人害怕。

　　赵宁心生惧意，小腹处隐隐作痛，不觉抓紧了宋思文的袖子。"别怕，没事的。"宋思文转过头来，护在身后拍了拍她。最近寒流袭来，他穿一个米色的厚厚套头衫，围脖斜斜披散。

　　赵宁点点头，眼神又找到不远处工整衬衫配领带的施青，心中稍安。刚来香港那几天，开往宿舍的小巴车人多拥乱，号称"亡命"一般的速度，转到弯道的时候，她手里刚买的一杯奶茶泼到施青身上，白衬衫瞬间沾满颜色，但他只温和笑笑："第一次来香港吧？别怕，有事找我。咱们内地生在这里，就该互相照应。"后来，从购置生活用品到寻找教室图书馆，从搭乘有轨电车环游港岛到乘坐天星小轮渡过海港，三人总是一起。

此时施青在前面以身体开道，宋思文拉着赵宁奋力跟上，试图从人群中挤出一条路，打断了女生的回忆。

跨越几道围起栅栏的施工工地，又上了几层陡峭阶梯，穿越已经收摊的菜市场、小卖部和天桥，他们终于找到学姐所说的酒吧地址。屋内高声播放出节奏感极强的音乐，鼓点热烈，赵宁深吸一口气，理了理衣裙，捋一把垂在耳边的发丝，打算迈步进入。"Entry 五百文，唔该。"门口穿着正装的保安拦下他们，面无表情地说道。

"什么？"听不懂粤语，赵宁如被刺的含羞草，缩回了头。

施青走过来，交涉过后告诉他们："进酒吧要先交五百块入场费。"

"先交？"宋思文追问一句，"那进入之后的酒钱呢？"

"还要再付。"施青苦笑，脸上也是无奈。

"这……"

对没有收入来源的学生而言，不是个小数目，何况还要再买酒，恐怕得搭进去上千。宋思文在犹豫，赵宁虽没表现出来，心中也飞速计算。她的家境在内地小城市算得上中产，除了高考那几年熬了夜，此外没吃过什么苦。直到来了这里，才开始面对填不满的欲壑 —— 生来的骄傲让她不愿落于人后。

记得父母第一次送她来港，仰头看这花花世界，又是惊讶又是赞叹，鼓励她努力学习，定要融入进去。但融入一个新的世界，岂是靠优异成绩就能够的！首先，这酒吧入场券便已让人为难。

大家都在沉默，施青首先发话："我们还进去吗？"

"要不……"宋思文喏喏的，想说什么。

"我肚子痛得厉害了，要不今晚先回吧？"赵宁捂住小腹，做出忍耐痛苦的样子，两个男生忙围过来关心。

"反正没什么可看，所有的metropolis都差不多。"为使气氛不那么寂寥，赵宁想起刚学的英文单词，略带骄矜地用出来，得到施青和宋思文迭声赞同。三人终于松了口气，竭力挤出人群，仓皇逃离。

路边有个鬼佬倚靠垃圾桶，正跟着音乐猛烈地晃头，闻声向他们投来露出鄙夷的一眼。赵宁在别

样眼光的审视下，忽而感到慌张——那是如何自
我纾解都难以拂去的慌张。

　　她暗下决心，终有一日要靠自己赚钱，进得起
高档酒吧，赢得住尊重的目光。

B.
北京道
落雪了
（前）

我背弃了赤道　朝着沙砾起舞

想摸　北京的天空[1]

从港岛坐地铁到九龙，近一个钟的车程，很是周折。但这样的路，Emily 每天要来回两趟。

Emily 是赵宁的大学室友，向来以港女自傲，听闻赵宁在节日孤身离家，便邀她一同逛街。然而赵宁到了旺角才发觉，这里的街道弯弯曲曲，店铺又长得一模一样，老式地摊和玻璃窗的高楼大厦挤在一起，杂七杂八的广告牌悬浮空中，拖着行李箱购物的人群纷至沓来，左撞右挤，走过一间 Watsons 又是一间 Watsons，看到百老汇下个路口又是百老汇……她研究许久地图，就是找不着方向。

"这都能迷路！"Emily 浓妆艳抹，两个大耳环丁零当啷，救世主般突然出现在身后，为了照顾她，特意说着蹩脚的普通话，"跟你说好容易找的，往右转过两个街口再左转然后直走再转左……"

赵宁哑然："我不像你是本地人，搞不清这些弯弯绕绕啊。"

Emily 仰头大笑："我每天要过两趟海，路上几个钟头呢！简直是海底生活哈哈。"

1 林二汶：北京道落雪了。

"天哪，这么远啊！"赵宁脱口而出，"住在哪里？"

"政府的廉价公屋，总是偏僻地带。"Emily干咳两声，转了话题，"你一个人在外待着，不习惯吧？"

"来之前心心切切，就想离家远一点，但来了以后……不知道自己怎么能待得下来，但也待下来了……"

"想适应就要积极融入！"Emily像用眼睛在阅兵，上上下下地打量赵宁，"你穿得也太老土，知不知道这里都从衣服看人的？"

"我觉得舒服……可能你说得对，但我不会……"运动服女孩不禁低下了头。

"不要紧！听我的，保准给你打造好！"Emily拍拍她。

"你真厉害，一定到哪都能适应……"

"那是了！明年我就去英国留学！"Emily带着居高临下的眼神，双手交叉胸前，"离家越远越好。"

"真羡慕你，我在这儿没有家。"

Emily突然噎住，撇撇嘴："看你这么天真，说话还跟个小姑娘似的……今天的事办好了吗？"

"办好了。人多，真麻烦啊！"从内地入香港需要办理签注，并且每年都得续签，手续繁杂。赵宁的证件出了问题，来回跑了几趟入境事务处。想起内地居民窗口密密麻麻的长队，她低头叹气。

"冇办法，内地人多，偏要来香港。"Emily撇了撇嘴，一指前面，"走，带你去拣衫。"Emily解释，考虑到赵宁的经济情况，先去平价商铺，"你先学穿搭，都一样的。"

赵宁垂了眸答应，想起前些天，在北京道高档商场的聚会 —— 广场店铺林立，人流穿梭不息，施青捧着一大束玫瑰花，像所有剧情演的那样，双眸闪耀，向着他心仪的女孩朗声表白："遇见你，是我来香港最幸福的事。"而赵宁隐于远处的暗影，和宋思文等同学一起偷望那场倾城之恋 —— 分配给他们的任务，是看到女孩害羞点头后冲出来庆祝。

赵宁当时连说三声"恭喜"，再没了别的话，默然地围观众人打趣，并观察到被表白女生的靓丽长裙和妆容。从那以后，她对Emily嘲讽自己土里土气的话听进心里，并请对方替自己打扮。总有一天，她要成为台前中央的那位。

但此刻Emily没有注意赵宁的走神，而是指着橱窗内模特，卖力讲起蹩脚普通话："COACH，GUCCI，这些低奢，是奢侈品中的低档，我们要咬牙才买；ZARA，MK，这些平价货，通常抄袭时装周上的大牌设计，又好看又不贵，是我们的首选……"

"抄袭设计？"赵宁疑惑地问，"那还选吗？"

"你傻啊！正版高奢CHANEL、VALENTINO要三五万，买得起吗？"

赵宁苦笑，摇摇头。

"那就是了。只要好看，管它呢。"Emily认为答完这个问题，继续讲下去，在赵宁看来她实在算个尽职的老师，虽然带些趾高气扬，习惯也就罢了，"长裙要配高跟鞋，越高越有气场……同你讲噢，我最中意这几件，看色调，流苏坠子的质地，仿VALENTINO的富丽最似……"

橱窗里模特身着华服，脸上尽是漠然神情，供来来往往的游人品玩。赵宁心头略动，坚持问回了前一句："你们香港人，不是最讲版权意识吗？"

Emily洋洋洒洒正到兴头上，突然被噎住："这话说说就得了，不然没钱买正版怎么办？"

"赚钱啊！"赵宁怯怯接道。

Emily又被噎住，气得瞪眼横她，终于冒出一句粤语："钱好容易揾吗？你哋大陆仔，係唔係都咁天真啊！"

C.
浪漫
九龙塘
（前）

I want to sing you a song

about me and you went to Kowloon Tong

We have to be very strong

if we want to do something very wrong[1]

从九龙塘地铁站到校园尚有一段距离，这里高木耸立，清幽怡人，是香港罕有的楼群低密度区，富商和明星的聚居地。每次搭乘小巴的路上，赵宁透过车窗，望到别墅内院的雕花乳白石栏杆，宽绰走廊和维多利亚式洋宅，都会想起自己那鸽子笼一般的宿舍，于是后来习惯了带一本书聊以分心。不料这日正读到《沉香屑·第一炉香》。

沉溺于上海女中学生葛薇龙的故事，她差点坐过站。合上书页，阳光正好倾洒脸上，抬头望见高墙的壁柱，恍如隔世。没记住文末葛薇龙沦为交际花的悲惨命运，却偏偏记得开头，薇龙进入姑母豪宅，一件件试穿满壁橱金碧辉煌的衣衫：织锦袍子、纱的、绸的、软缎的、海滩用的披风、睡衣、浴衣、晚礼服、喝鸡尾酒的下午服、在家见客的半正式晚餐服……仿佛那试衣之人，就是赵宁自己。

赵宁的双眸长而媚，笑起来眉眼弯弯，面色出

1 My little airport：浪漫九龙塘。

奇地白，加上身材高挑，自认也算姿色出众。今夜学校表演，她准备高展歌喉，一鸣惊人，唯独缺一件华美的演出服。

正如Emily所言，就算想买奢侈店正品，也被预算困住脚跟。她只得搭很远的车到女人街夜市，淘了件廉价地摊货。"反正演出服这种东西，穿一次就扔了，哪有场合天天穿？"Emily这样讲。但读完小说，赵宁心有戚戚——觉着若有机会天天穿，即便落得交际花的结局，身边没个真心人，那又如何？

至少，天天穿到了。

换上华服，生涩地化了个妆，赵宁终于提起裙角，走上舞台。煞白聚光灯打下来，照得人睁不开眼睛，岂料就在这时又生意外，她的高跟鞋细跟居然一下插入地面的缝隙，怎么也拔不出。

她急得心脏狂跳，面上保持僵硬的笑，一只脚则在地上拼命踩蹬，几乎就要摔倒！有工作人员上来协助，终于把鞋跟抽出来。赵宁这才鼓起勇气，再次小心翼翼迈上台去。

观众席的掌声给了几分信心，赵宁很快便适应了台中央被关注、被环绕的氛围，并且享受其中。随着伴奏响起，她闭上眼睛，举起话筒朗朗发声：

烧得火红

蛇行缠绕心中

终于冷冻

终于有始无终……[1]

　　那些纷纷扰扰从脑中渐次退去，留下的，唯有一波一波翻滚而来的情感。因为旋律无所阻掩而直抵内心，仿佛要把来港的百感交集一并捧心而出。她掏空了自己，得到释放与圆满。

　　待到一曲毕，她从乐声中拉出，睁眼看向观众。舞台下响起欢呼，反应热烈，不知为了她的歌喉，还是那件小露锁骨的礼服。

　　这衣服虽好，可惜下个月父母来港探亲，到时候检查她的衣柜——只能藏去朋友宿舍了。这样想着，不免有些遗憾，下次什么时候还有场合再穿呢？按捺猛烈的心跳，赵宁挥手示意，提起裙子打算下台——谁知高跟鞋竟然又卡住了！

　　这次由于她放松注意，径直摔了一跤。台下传来唏嘘声，赵宁的胳膊发痛，难过得眼泪要出来了。有人跑过来迅速扶起她，另一人帮她整理衣裙，是接下来表演的施青和宋思文。

　　赵宁道过谢，直接甩开高跟鞋，捋了捋垂在

额边的发丝，竭力装出镇定，为转移注意而强笑寒暄："待会儿你们唱什么?"

"《织毛衣之歌》。"施青拍拍怀中吉他，苦笑一声。

"什么?"赵宁愣住，她没听过这种歌名。

旁边宋思文揽上施青的肩，跟赵宁解释："一首逗趣的小调，跟女神你亮眼的表演没法比啊。"他用眼神示意，有些话不方便说。几人被喊上台去了。赵宁总见到施青在外春风得意，方才那副黯然落寞，却让人心弦微动。

我深深地爱着你

你却爱上一个SB

SB却不爱你

你比SB还SB喔……你还给SB织毛衣

喔……你还给SB织毛衣[1]

情至深处，两位男生弹起吉他，奋力地嘶吼，几乎要飙出泪来 —— 简单的歌词，抒情的小调，诙谐中带着伤怀，莫名让人五味杂陈，忆起往事。

赵宁曾参加全国中学生歌唱比赛，那才是她第一次见到施青 —— 灯光照在男生脸上，台下是

一 张玮玮：织毛衣。

山呼海啸，台上他撩动吉他，标准的校草模样。她也是这样隐在人群中，仰望闪亮。只此一面再无交集，后来却在港相遇。

演出结束赵宁得知，原来施青被女友甩了，对方很快结交新的男友，他难免心有不甘，陷入失恋的低谷。"那女生太过分了！施青真可怜，咱多陪陪他吧。"听了消息，她和宋思文愤愤抱怨，得到对方赞同。

嘴上这样说，赵宁心里却隐隐涌起战栗。有些事，古怪得不一样了呢。

城市本来浪漫　天变星变一瞬间

人人内热外冷　海变山变一瞬间[1]

D.
夜幕天星
（前）

赵宁从小爱做梦，梦里有水、有花、有彩色气泡。Emily总在耳边唠叨国外有多好：几百年历史的高树古堡，言笑晏晏的异域帅哥，永不散场的聚会party……仿佛一旦踏出国门，便象征着走上高级阶层。

但梦，总也实现不了。

港校有个风俗，每到学位中段，便会放出国外交流学习的机会，而且不需额外支付费用。不过这遴选的标准，可说是成绩，可说是对学校贡献，总之并不公开。赵宁筹备了许久的申请，偏就碰到暗箱，为争取机会，她法子用尽，从负责人找到系主任，就差没直接上告校长。然而每次都被软绵绵打回来——那个夺去名额的是系学生会主席，只凭着意气公义，无力与之抗衡。

出国一方面能开拓眼界，打开新世界，另一方面更在简历上不可或缺。如此失算，或许还会影响日后的实习，又因此影响找工作……这样想着，赵宁情绪跌至谷底，跟朋友哭了一通，留下信息说要去维港散心，然后独自跑了。

在学校门口等来等去都等不到小巴，赵宁心一横，干脆伸手招了辆出租车。谁料司机见她孤身一个女生，特意走了条远路。她本就状态不好，发现以后语气也重了些："师傅，你绕路了吧！"

那司机冷哼一声，用粤语回得飞快："红隧（红磡海底隧道）呢排塞成咩样，你知唔知？西隧（西区海底隧道）车少，可以快啲到！"

一股无名邪火在胸中冲撞，赵宁激动地喊起来："我不要尽快到！西隧过路费要高许多，我知道！"

"你早啲讲！依家我已经开到呢度，冇办法返番去。上车嗰阵我问咗你！"

"我 ……"她那时心情糟糕，哪里注意对方说了什么，更何况是口音极重的粤语，"我没听见 ……"

"咁係你嘅问题！"司机得意地说。

赵宁咬了咬唇，狠心掏出手机，对着前排的出租牌照拍照："我要投诉你！"

司机有点慌了："你呢个大陆女仔唔讲理！"

"我怎么了？我是维护顾客的合法权益。我就不信，这么大的香港，难道没有道理可讲！"

吱的一个急刹车，司机居然还没到地点就停了车："落车！我唔收你钱，你呢单我载不到啦。"

赵宁心中大慌，但还是拼命掩饰："这是停在哪里？你怎么可以拒载？我更要投诉了！"

"是但啦。"司机态度坚决，回头一张脸压得乌黑，"落车！"

被迫下了车，赵宁抹一把眼睛逼自己冷静下来，疲倦又绝望，但天色渐暗哪敢停下，只得小心翼翼问过几次路，又半懂不懂地看着手机导航，双脚灌铅一般走了一个多小时，这才到达天星码头。从码头顶层的落地玻璃向外望，灯牌璀璨，海浪拍岸。

新自由主义的社会，个人具有极大能动性，只要通过今天的精心筹划和积累，定能掌握明天的选择权与自由 —— 她曾这样笃信，却不知跨越障碍是这样难。是不是她还不够努力？

赵宁凝望着隔岸灯火沉思，许久才收回眼神，黯然叹了口气。这样的发泄终究也没什么意义，毕竟路走到了半途，谁都无法回头。她背手抹去眼泪，一道黑迹留在雪白皮肤上。赵宁记起Emily的教导：即使失意也要随时保持妆容，你永远不知道下一刻会发生什么。她吸吸鼻子，掏出化妆包，就着路灯补起妆来。

"宁宁！"耳畔有人叫喊，赵宁茫然抬头。一道光芒刺眼地闪过，鼻尖传来芬芳，玫瑰花束塞到怀中。来人竟然是施青。"遇见你，是我来香港最幸福的事。"施青重又恢复了精神，穿起小衬衫，发型竖得笔挺，正神色飞扬地注视她，"相信我吧，会带给你幸福的！"

她蒙住了。借着失恋疗伤的契机，他们先跟宋思文一起聚了几次，又单独约了两次，彼此意图已经很明显。不过赵宁虽然对告白场景有过幻想，但没料到在此时此地。隐隐觉得那句对白有三分熟悉，却记不起上次自己还是个围观者，此刻她只心心念念一件事：哎呀，我的睫毛膏刚涂了一半呢！

顶着巨大的尴尬，赵宁无言以对，只好接过花来，迅速把头埋进男孩伸出的臂弯。她心中暗叹，按照套路，接下来该是围观损友出场了。果然几声闪光灯咔嚓之后，躲在暗处的人群哄闹聚集过来，有的欢呼雀跃，有的撒下花瓣和彩色纸屑。"亲一个！亲一个！亲一个！"赵宁不好意思了。施青将她从怀中拉出，眼神含笑。

上一次，她还是躲在阴影里做个旁观者。而如今，自己终于变作故事主角，享受着众人羡慕的目光。收起化妆包，赵宁暗生窃喜——这感觉让她好多了，熨帖了方才心头的湿泪。

一阵木吉他声响起，打断了她的想象。

Merry, merry Christmas

Lonely, lonely Christmas

人浪中想真心告白

但你只想听听笑话[1]

其实施青那天根本没有安排海边告白。哪有那么多巧的事，又不是演电视剧！不过等她通过脑补安慰好心情，回到学校，又过了两天，男孩在宿舍楼下送了个公仔，权当表白了。因为不想跟上一次前女友一样送花，所以特意换了样式 —— 他是这么说的。围观损友还是有，起哄接吻也没少。对方亲下来的时候，她目光顺势望向身后。那个总是出现在影子里的宋思文，这次倒不在。

天爱上地，不会完全凭运气。

流浪歌者身后是一架天星小轮，正随着波光粼粼的浪头打晃。入夜后，这座浮城也像小船一般，在夜色中飘摇。海浪一波一波涌上来，仿佛要将整座城市吞没。

灯光璀璨，两岸交相辉映，衬得那盛世之下的孑然身影格外凄清。

1 陈奕迅：Lonely Christmas。

E.
下一站
天后
（前）

在百德新街的爱侣

面上有种顾盼自豪[1]

　　琳琅满目的名牌精品店与大型百货公司，地砖白得透亮，标价动辄高达四五位数，展露风姿绰约的华贵——从学生到社会人身份，其中一个表象就是来铜锣湾的次数明显增多，这里是香港负有盛名的消费聚集之地，处处散发购物天堂的芳香。这日，为了庆祝赵宁成功找到实习，众人再次来到时代广场旁的寿司店。记得刚来港时，他们曾被高昂的价格吓走，经了几年洗礼，消费观终于突破上限。

　　载着寿司和生鱼片的运输带一圈圈转过，赵宁心神不宁，不断偷瞟宋思文，跟施青打个眼神。宋思文今天衣着工整，蓝灰T恤，粉红短裤，正符合某种标配的时尚打扮。他夹起摆在寿司旁的配菜白萝卜丝，蘸点调料，吞了块三文鱼，然后很快呛起来，大概是不小心放多芥末。"小心！"施青递去茶杯，"这里的芥末劲道大。"

　　"我知道。"宋思文推开对方的手，拼命眨眼，忍住将要冒出的眼泪。

　　"喀喀——"赵宁终于下定决心，清了清嗓子。

1 Twins：下一站天后。

"宋宋，来，我俩一起敬你。"施青与她一同举起酒杯，话却说得吞吞吐吐。

"怎么，你们最近搞什么？不是做了亏心事吧，哈哈！"宋思文浑然不觉，也举起了杯子，兀自笑着。她与施青对视一眼，气氛尴尬起来。

宋思文喜欢赵宁，即便追得再含蓄，即便她再迟钝，也能感受得到——何况赵宁并不迟钝，就连施青也早有察觉。所以那次告白，特意避开没告诉宋思文。然后就是百般的隐瞒，以及见面的尴尬。直到这对情侣终于按捺不住，决意在宋思文听到风声前坦白。"我跟她在一起了。"施青说完，干掉满杯的酒，赵宁点点头也一饮而尽。

时间卡住两秒，宋思文保持端酒的姿势，盯着杯中，黄色液体正泛出泡泡。

"你他妈真有脸说出来。"

施青面上浮现愧疚，伸手想揽他的肩："遇见宁宁是我来香港最幸福的事。但我们也想得到你祝福，毕竟兄弟一场……"

宋思文冷哼一声，肩膀一挺躲了过去。他饮完整瓶的酒，举手就是一拳，赵宁和施青没想到这个温厚的男生会突然爆发，周围客人高声惊叫，服务员往这边赶来。宋思文再不看二人，夺门而出，施青捂住脸挣扎想要起身，被赵宁一把按住。"我去追!"她不顾男友反应，抬脚往宋思文的方向奔去。然而人流穿梭拥挤，迟了两步，那人的身影便不见了。

赵宁沿螺旋形扶手电梯拼命往下跑，四处张望着打量。之所以追出来，不仅是出于对友谊的珍视，也因为，那文弱男子转身离去的时刻，她意识到风筝将断、木偶将裂 —— 自己在漫漫生命中就要失去一个人了。她忽然想起了独自在出租车上的经历。

那人或许软绵，或许力量微薄，但总会予取予求，是护着她不被这慌乱世界伤害的重要支点。

终究，再望不见男子身影。赵宁丢失方向，满眼茫然，城市的辉煌落进眼底。奢侈品店镶着金粉的玻璃窗和橱内闪闪发亮的饰品，溢出一道道光芒，像一把把无形的剑刺穿人心 —— 如同这里的欲望一样耀眼。

皇后大道东上为何无皇宫

皇后大道中人民如潮涌[1]

F.
皇后
大道东

上环是旧香港发达的据点，石板街两旁散落着纸料香烛店、古玩贩卖坊、中草药房、满挂旗袍的裁缝店和理发铺，草药、线香与洗发水的气息扑面而来。一条长长坡道，沿途分布着新旧不等的十数家理发店：有的是简陋的老式铺头，摆几张板凳，站两个剃头匠；有的窗明几净，明晃晃大灯，理发师也穿戴整齐的制服；有的则装潢得时尚有设计感，黑白纯色铁架分割空间，格子木桌摆放垂挂的绿色植物，推门一阵香味……它们很好划分 —— 区别就是门口挂出来的价位表。

赵宁走在上坡路，染发剂味道飘出，教她想起过往。

刚来港，衣食住行的花费处处飙高，连简单洗剪吹都要上百，是赵宁在家乡不可想象的。因此只去简易理发铺，不染不烫，直发一留就是数年。路过那些闪光的门店，控制自己不去多看，以免心里发痒。

可越是克制，越是念念 ——

"赵小姐，这次要换发型吗？"

"不用了，就按以往的来吧。"

"你的五官这么好看，要是做个卷发，效果完全不一样啊！"

"嗯······多少钱？"

"你看，这种普通的染发剂488，这种纯天然植物萃取的要688······"

"不用了，就按以往的来吧。"面上装作不在乎，但待到回家以后，她总会打开电脑，在网上搜索店铺名称，细细查看最新潮的烫染样式，又有多少TVB明星也在那里造型······仿佛看看，便已拥有。

如今拿到实习工资，虽然不多，总归不是父母的钱了，花起来心安。最重要的，金融行业常要参加聚会，结交人脉——如何一分钟之内让商业大佬记住，除了闪闪发光的谈吐，个人形象很是要紧。赵宁在银行取了一张千元钞票，这回昂首迈步，挽着施青臂膀，推开那间颇有设计感的理发店大门，仿佛即将迎向人生巅峰。发型师正在扫地，闻声抬头，翘起两个手编麻花辫："小姐点称呼？"

"我叫Amily。"她答。

"要在香港生存下来，就得时刻勤勉、机警，像我的英文名Emily，源于拉丁语Aemilia，意为

‘竞争者’。”—— 曾经，香港室友跟赵宁这样教诲道。那个年轻港女讲的话虽不好听，却着实教了赵宁不少。后来赵宁逐渐习惯了说粤语，习惯写繁体，习惯喊英文名。取名的时候，第一个鬼使神差就想到"Emily"，甚至自觉比起室友，自己更加契合这个名字。于是她将打头的 E 改成 A —— 不做第五，只当第一。领先才有竞争力。

造型师听过她的需求，笑着报出价格："染发加卷发的整体造型，总共 3688 文，唔该。"

赵宁吃了一惊，施青在旁问道："咁贵？出边门口价目表明明写左 600 文？"

"600 文都系最基础嘅染色。小姐系长发，发量足，价格自然要高啲啰。同埋我哋依家都用左最先进的离子烫疗程……"滔滔不绝的专业术语砸过来，她听到头皮发麻，咬咬唇，终于等到空隙打断对方，吐出一句："可不可以平啲？"

对方再次露出彬彬有礼的笑容，嘴上却丝毫不让："对唔住，我哋提供最好嘅服务，便要收取应得嘅价位。如果你预算不合，可以去旁边平价铺头，我有问题嘅。"

每当被价格刷新世界观，总会有更高的价格来重新刷新。如此她终于明白，所谓时尚，果然要用金钱堆砌。Amily转头望望施青，对方眼中也是灰暗。二人只好灰脸土面地出门，去了隔壁中档价位的店铺。

"不做也罢，我看这4000块的效果，跟500也不差多少。"男友搂着她，柔声安慰。Amily苦笑两声，未置可否。她方才暗暗在想，有朝一日定要再回这里！听了施青的话，心中不大舒服。当初相信施青能撑得起她的倚靠，现在看来，恐怕偏离了轨道。

街道仿佛打泼颜料的染色盘，一片光怪陆离：摩天大楼林立之间，隐藏着鸽子笼一样的民居建筑；打扮新潮的绅士淑女中，穿行着谈吐粗俗的菲佣；一排豪华小汽车旁边，停放着锈迹斑斑的跨境运货车。笑贫不笑娼。你想待在哪个阶层，就要尽哪种程度的努力。

永无尽头的渴望，正如永无止境的自我提升——但凭什么不要呢？若说不想要，那只是因为自己偷懒，不够努力罢了。她是Amily。她坚信这一点。

在时代的广场

谁都总会有奖[1]

天有时灰色，有时蓝色，看不清楚。但空气永远那么潮湿。她走在潮湿的街上，挤进潮湿的人群，戴着潮湿的眼镜，踮起脚，也够不到天。她觉得自己能飞，可那只在梦中。楼与街道重重叠加，她想飞越其间如御风而行，却终究只能站在楼底，脖子拧断也望不见顶。

一年一度的商场打折季，顶层大卖场挤满了蜂拥淘货的人群。上一次时代广场还是三人组，后来宋思文掉队，变成双数。然而这二人组，又能维持多久？

Amily躲在角落左等右等，一边刷着手机，眼睛不断瞟向门口。直到快不耐烦，这才看见施青穿过拥挤的人潮，气喘吁吁赶到。他跑得发型也塌了衬衫也皱了，还是迟到半个钟。

"怎么才来？"她憋一肚子火气，迎面就是埋怨。

"今晚有客人耽误，对不住啊。"施青也找了工作，跑内地贸易的，常要晚归陪酒。

Amily冷哼一声，转头扎进扫货的人流当中。

[1] "Twins"《下一站天后》。

“宁宁，听说你实习转正了，恭喜啊!”施青跟上来，想揽她的手。

“说多少次了，叫我Amily。”她没好气地瞥他一眼，甩开，“别只说恭喜，有什么礼物?”

施青擦擦额头的汗，面上堆起笑容:“早准备好，给你留个惊喜嘛。”

去年是毛绒抱枕，前年是茶水杯子，还美曰寓意为“一辈子”，不过是图个便宜罢了，当谁不懂? 想到同公司追她的男同事，一出手就是施华洛世奇钻石项链，Amily心中吐槽，竭力忍住才没说出口。随着参加party的增多，就像男士需要手表、雪茄以示身份，她也需要首饰、礼服和奢侈品来装扮自己。刚入职场积蓄不多，便打算趁打折入手一件期望已久的项链 —— 其实她已经攒够钱，这次叫男友来，主要是为了看他表现。

施青似乎没察觉女友的情绪变幻，继续牵着手跟她闲扯:“宁 …… Amily …… 这么叫好怪 …… 你听说吗? 校友群里都在传，宋思文现在成同性恋了。”

Amily心头一跳，五味杂陈的情绪翻滚上来，她竭力将其按住，板起脸训道:“人家的事，跟你有什么相关! 你瞧这条鎏金项链，好看吗?”她拿起一条摊位上的首饰，刚才等人的时候，已经看了好久。

"嗯，还可以吧……是不是颜色太扎眼了，不衬你的气质。"施青偷偷翻了翻挂在带子后面的价格标签，声音低下去。

"我觉得好看。"瞟见男友的小动作，Amily 邪火顿起，反而执拗坚言，只为等待对方退步，"我就是喜欢！"

"喜欢就好……你喜欢就好。"施青转眼左右张望，又无助地拉她，"要不要咱们再逛逛？"

Amily 咬住下唇，说不出话来，凝望着施青这副丑态，竭力忍住讽笑。

"怎么了，宁宁？"施青还是讪笑，试图像往常一样哄她，"你喜欢就要……我只是觉得前面那家店可能……"

"唔使了，就要这个，我去埋单！"Amily 终于气恼起来，扭头跟店员高喊，然后掏出自己的信用卡迅速付款，再不理施青一眼，蹬起高跟，气势汹汹地离去。借助一波波汹涌的人群，她成功甩掉后面追赶的施青。

挤出时代广场的时刻，Amily 透过高楼的狭窄视界，望到远处维多利亚海港。

赚钱慢是原罪。一旦接受了新自由主义的逻辑,就会忙成狗。即便写分析报告到最忙最累,Amily 也只能独自啃面包,因为施青也要加班,甚至比自己更晚,这样的男友要来何用?那时她不自觉想到宋思文,如果他还在身边,一定像以往图书馆自习时候那样,为她送来热水和外套,替她撑一把伞吧!所以当施青有意无意提到宋思文的轶事,她很不舒服,像是心尖的净土被泥泞玷污。

Amily 后悔当年的选择,却觉得重来一次还是一样——只当自己投资失败,虽然遗憾心痛,但只要及时止损便罢。谁能步步不错呢?再说了,即便宋思文对她再好,又能否爽快买下标价五万、折后两万五的项链?究竟谁能呢?除了她自己,还可以倚靠谁?

人人聚聚散散　海变山变一瞬间

持有失去之间　兴建迁拆交替间 [1]

D.
夜幕天星
（后）

她反复做同一个梦。

梦里她在荒原之上，四周是无边的风呼啸而过，繁星飞舞，明月高悬，小鹿在旁掠过。奇怪的是，她孤身一人，赤着足，不觉得冷也不觉得怕，在荒原上奔跑，跳啊，喊啊，转啊……声音融进一片苍茫，被风声消释，只余下寂寂。

爬过一道悬崖，又路过一片石楠花，她看见了银色湖泊。是情人的泪坠落在地，化云成雨。也是她明日的坟墓，桃花带雾。

——然后她醒来，发觉自己躺在繁华闹市的一方小床之上。窗外是高楼望断，身边是孤枕难眠，眼前是闹铃刺耳，下床是西装高跟。

留学申请交换失败之后的两年，她却是以一种当初绝没想到的由头到了欧洲——分手疗愈之行。分手也许不需要仪式，在高档场合中抛下丢脸的前男友即可，就像抛弃一件报废的首饰。但分手确实需要疗伤，陡失爱侣，她并非表面上那样金刚不坏。

浪荡异乡，看着满街的马戏团、卖唱歌手、拱

1 C AllStar：《夜幕天星》。

桥和摩天轮，她心中一面满足，一面继续空虚：陌生的港口，夕阳辉煌，又想起在维多利亚港与恋人牵手漫步……红色的你，橘色的你，灰蓝色的你，重重叠叠聚拢天边的你，还有看你时想起的他，不在身边的他，未知何方的他……

再回香港，她更常参加party，从生涩胆怯到熟练老手，甚至开始使用交友软件。身边爱侣也换了又换，有老有少，有帅有丑，唯一不变是但凡拍拖必要去趟维港，似乎成了某种套路。party认识的男士，没一个想找安定女友——但他们确实有钱——那就够了。

又是一个周末，这次Amily再不是顶住烈日在岸边散步，而是登上纯白色游艇，穿着节省布料的泳衣，披一件浴巾，懒懒躺在太阳底下。

"明晚有个宴会，跟我一起去吧。"B总走过来，躺在她身侧。B总是个内地派驻香港的国企小领导，钱不多，架子却大，这次出海所乘，便是找他办事的富豪所借的游艇。

"又是那种喝酒唱歌的局?"Amily以手背遮住明晃晃的日头，皱了眉，出声却是满面春风，"我最近身体不太舒服呢，能下次再去吗?"

B总听了，面上闪过不悦，但也做出一副文质彬彬的模样:"随你吧。不过下礼拜我太太要来香港,咱俩就别见了。"

强装的笑靥凝结住,Amily脸上乍红乍白。她知道这人有家有室,也知道他偶尔施些小恩惠,不过是让自己陪酒卖笑解个闷。但她禁不住诱惑 —— 尤其以那种专业的炫耀方式:位居山顶的富豪别墅,外人免进的高档会所,还有开船一次要花她整月工资的游艇……贫穷的想象力被打开,欲望闸门也一泻千里。

但她总归有廉耻之心。当年日读夜读,以高考榜眼的成绩来到香港,难道就为受人羞辱吗?即便是溺水者,也要在水里浮沉挣扎。"这是威胁吗,你当我什么?"Amily一把甩下披着的纯白浴巾,愤愤起身,"我走了!"

B总吸了口果汁,不为所动,劝得心不在焉:"别闹。"

"你叫他们靠岸,我要下船!"Amily噘着嘴撒娇,仍未解气。然而中年男人并不像施青或宋思文那样哄她,瞥了一眼,没有多说什么 —— 当真叫底下的船员靠岸。

Amily气得跺脚,以致整艘船都在打晃。从游艇顶层走下楼梯的时候,她使劲瞪着B总,不留神一脚踏空，直直摔了下去。船员闻声过来扶她，但B总只是伸头望一眼，身子都没动弹："没事吧，还走得了吗？"

"爬也爬得回去！"Amily此刻颜面丢尽，赌气大吼，撇开船员的搀扶和怪异目光，一瘸一拐下了船。她刚一着岸，游艇便迅速开走。过往路人原本是钦羡的眼光，见到她下船的狼狈模样，不禁指指点点，羞得Amily捂脸而逃。走了几步，忽听一阵吉他声响起。海风阵阵，行人目不斜视地走过，流浪歌者却很投入。

Amily望着唱歌的人，他大约如同那伫立的钟楼，目睹人潮变迁。恨B总无情，恨众人势利，更恨自己的不堪。曾经被男友捧在掌心，如今怎么落到这一地步？

脚腕扭伤，痛得针扎似的。她无力走去地铁，下船太急，连随身的钱包都忘了拿，此刻又拉不下脸回去，Amily站在路边茫然许久。方才放狠话爬回去，真要让她爬，恐怕迈不出步子也拉不下脸。

一辆高大的巴士车驶过，轰隆隆巨声，带起烟尘滚滚。她摸一摸口袋，还剩几个硬币。好吧，头脑蒙蒙上了车。

上车才意识到要看站牌，这辆车开去哪儿？

她此刻反应极慢，把那密密麻麻的巴士站牌看了又看，这才看懂——自己没坐错方向，但选了条绕远的路线，其间还要穿过几条隧道。Amily 转头看向车厢内，乘客已经坐满，优待座位也没空了，前排连站着的地方都没有。没奈何，只好往车厢后排走去。

后排汽油味重，闷得难以喘气，摇晃也厉害。受伤的腿动弹不得，吃不上力，她只能一直用另外的腿站着，同时倚靠一根柱子，然而路上多是长弯绕、急刹车，不断被冲撞，伤腿几次蹭到愈发刺痛。半个小时以后，Amily 终于疼到经受不住。她脑子转得极慢，望向周围旅客，未经深思便径直走向其中最靠外的一位，礼貌问道："您好，请问可以帮忙让个座吗？我的腿受伤了……"

以为顶多就是拒绝，还可以再问其他人。不料有些秃顶的中年男子横她一眼，突然破口大骂："你个傻阔，痴捻线，凭咩要我让座？贱格！"

劈头盖脸的脏话，Amily 没反应过来，吓得有些瑟瑟，下意识用普通话回道："我没有说你一定要让，我只是问问，你干吗……"

谁料不知怎么触到那大叔的逆鳞，口气更重，神情中甚至透露着凶恶："凭咩问我？你以为你係边个？”

“你不让就算了，我就去问别人好了。”Amily
转身想走。

大叔却拽了她一下，特地用蹩脚的普通话高声
喊起来：“睇你柒头柒脑个样！大家都遵守乘客公
德，你就可以自己中心？内地人就该滚回内地去！”

眼泪就要落下，她强硬地一抹：“你讲什么？”

“就讲你！没有公德，不要脸！”

“你——”Amily好想破口大骂，可是她的
粤语磕磕绊绊，身上还有伤，如何敢对抗一个大男
人？她的教养让她无法用这种方式发泄，但她也需
要发泄——环顾四边，满座的人就像没看到这一
幕，有的闭目养神，有的玩着手机。“你再这样我
报警了。”强硬的话她却说得虚浮，并无底气。

果然那大叔冷笑：“我打咗你？凭咩报警？一
啲法律常识都唔识……”

旁边终于有位旅客听烦了，抛出一句：“痴
线。”也不知道在说谁。

Amily终于绝望，眼泪不争气地流了下来。她
真的打开手机，狠狠按了报警号码，接通那刻仿佛
找到亲人，连哭带委屈地跟警察倾诉前因后果。然
后她得到警察的一句质问：“他打你吗？”

Amily愣了愣，哭得更狠："他骂我，他吼我，他……"

"根据香港法律规定，他如果没有打你，不构成人身伤害，我们无法出警。"对方的回复冷静得可怕。

Amily那一刻甚至多希望那人是狠狠殴打自己的，可是车辆到站的声音响起，大叔再次瞪了她一眼，如同获胜一般得意地下车了。

C.
浪漫
九龙塘
（后）

I want to sing you a song

about me and you went to Kowloon Tong

we have to be very strong

if we want to do something very wrong[1]

"尊敬的各位同学，老师，大家晚上好。

"我怀着悲痛的心情告知大家，我们的同窗宋思文同学，于7月3日病逝了。把这个消息告诉大家，是想征集对宋思文的追思。有意愿的朋友可以把怀念以文字（包含图片）形式发送到邮箱：×××。我们会整理好所有文字，送到宋思文父母手里。

"怀念宋思文，愿他在天堂安好。"

收到这条讯息时，Amily正坐在九龙塘的别墅 —— 数十个妙颜女子衣衫暴露，光着大腿，仿佛待挑选的货品坐成一排，对面正是货主 —— 穿着西装、人模人样的精英男士。

她从未想到，自己第一次踏进这梦寐以求的豪宅，竟是如此姿态。

直到英国王子大婚的新闻出来，Amily终于灵感闪现，发掘到阶级上升的最佳途径：嫁入豪门。但屏障森严，怎么才能接触到真正上流阶级呢？

1 My little airport：浪漫九龙塘。

Amily苦思冥想，记起当年学校的演出为自己赢得无数倾慕者——站在聚光灯下接受万众欢呼的样子，仿佛历历在目。

她背着公司，报名参加了香港小姐的选拔。

去了海选才发觉，那是个更加人吃人的圈子——想改变命运的人哪里都有，但凡有几分姿色，都可出来卖弄。Amily并非专业训练出身，又要分心工作，更无背景支持，很快便被淘汰了。原以为这条路就此断掉，没想到，主办方竟还为淘汰者办了个聚会。

若说正牌香港小姐可以结交顶级富豪，那么落选者对应正是入门级别的小开——这规矩倒也算"门当户对"，不愧出自锱铢必计的商业世界。宴会地点正是其中一个老板的豪宅，在九龙塘。

要说九龙塘，曾经对于赵宁，充满了雕栏玉砌的幻想；如今对于Amily，却成了被挑选的人口市场：窗外一弯孤月，屋内是觥筹交错、烟雾缭绕的残筵，没有追光灯，没有注目的观众——如此表演现场，与想象中完全不一样啊。

赛事经纪人是个中年女子，年轻时应有几分姿色，现下只能靠厚厚的粉底遮掩。她拉出Amily，摆起一副好大架势："各位看看，我们这位小姐不但长得美，金融才女，还会唱歌呢！来，为大家唱一曲！"

她再度感到羞辱。并且，已经习惯与羞辱做伴。

蒙尘的镜子里面困住一个人

触不到时光里的温度…… [1]

挂起熟练的假笑，她扯了扯嘴角，竭力令其上扬。那是最近的新歌，经纪人说，既显出品位格调，又紧跟时尚。曾几何时，连贴近灵魂共震之音乐，也要以攻心计来运筹。她眼中泛起一丝苦涩——于是笑得更加灿烂。

被信任遗弃

只能拥抱自己…… [2]

Amily天生一副好嗓子，这样的时刻确能加分。一曲毕，俨然营造出动人印象，又抹以忧郁的底色，教人顿生怜惜。果然好几位男士前来搭讪，索要联络方式："小姐，你唱得真好，来瓶酒吧。""美女，裙子好靓，留个电话吗？"

然而，Amily毕竟与有脸没脑子的花瓶不同，不仅受过高等教育，而且自身就在圈内打滚，一眼便能识出，今日到场的所谓"精英"，衣冠楚楚人五人六，其实本质上跟自己差不多——拿着一份不低的薪水，却都是工薪阶层，高级打工仔罢了，实则无房无产，想靠他们实现翻身，谈何容易？为了止住这段无意义的寒暄，她装作忙碌的样子掏出手机，屏幕上却腾地跳出宋思文自杀的讯息。Amily吓个跟跄，脑中通电般闪过与宋思文的往事。头又开始痛起来。

"小姐您好。"又有位西装男伸手过来，"我叫Lawrence，从加州大学洛杉矶分校毕业，现已拿到美国绿卡，在好莱坞有许多人脉。看你条件这么好，留个名片吧，也许以后能合作……"话里有话，半是谄媚半是炫耀得手到擒来，是个老手。

Amily打量着对方，一袭工整正式的蓝黑西装，甚至叠着口袋巾，头发梳得油油，是副标准贵族面相了，此刻绽出温煦的笑意，语态翩翩，这才是小说男主的配置嘛！只是这男主角，怎么出场得这么晚？

放下酒杯，Amily略带骄矜地与对方握了握手，交换微信："我从内地来，现已拿到香港永居身份，目前在金融投行就职。"

对方闻言果然脸色变了，整了整领结，恭敬地伸出一只手来："又是美女又是才女，失敬了！"

Amily逼自己绽放灿烂笑靥，搭配几句谦辞和回捧，陪同把这幕戏演下去，想着毕竟今晚也算有斩获了。二人正打算找个地方坐下细聊，岂料侧面走过来几位身材火辣的佳丽，那Lawrence眼神一闪，扶了扶黑色镜框正色道："话说回来，我看多交几位朋友也好。"而后也不避讳，对Amily点点头就算交代，便抽身过去搭讪了。

她愣在原地，冷哼一声——原来都是套路——竭力忍住泼红酒的冲动，只微笑保持最后的仪态，借口次日还要上班，提前离去了。

走在林荫遍布的小路，闹市区少有地宁静。她忽而想起对前任施青的动心，也曾是这样一个夜晚。那时候撩动心弦的还是他的情义，而现在唯有以家财定价了。看不上花丛浪子，又放不下金银佐酒，该怎么选？走一阵容易，走一生难，还能相信一生吗？

沉寂已久的同学群，因为宋思文的死讯而迅速沸腾起来：

"天哪，这么突然！"

"怎么会……不敢相信啊!"

"天哪。"

"太突然了,我还蒙着。"

……

从前大学没有直达的地铁站,上次重回母校,地铁已经修到校门口,现在到处都是游客。Amily一边刷着讯息一边回忆往事:与施青的三人组跑遍香港,去兰桂坊被入场费挡在门外,日料店的最后一餐散伙饭……记得有次家乡来的戏团演出,宋思文竟然听到落泪,当时她只是奇怪。

她努力回想,却想不起最后一次跟他说话是什么时候,试着给老友打电话,无人接听。

印象中那个爱戴套头帽和围脖、面目模糊、话不多但声音温柔、总站在施青身后、连演出都是负责扫弦和声的文艺男青年,真死了吗?那阵他玩摄影,说要带自己拍一套写真,还说要架一个网站,摆满她的美照……都食言了吗?人来人去,竟是这么轻易的事?

散伙至少有个仪式,死亡,怎么没有仪式感呢?她心中绞痛,偏不信!而且固执地认定:假如他真要自尽,也一定会给自己发最后的信息……

"我深深地爱你/你却爱上一个SB/SB却不爱

你 / 你比 SB 还 SB ……" 途经校园的时候，她仿佛又听到那首歌。从前自己是歌中的 SB，现在却是那个爱着 SB 的 SB。

甚至比 SB 更 SB，根本不知道究竟爱什么。

我占领某国度　乘着玻璃冰冻

忽然初雪落北京道[1]

"天妒英才，世事无常。看到各位同学微信，想起过去日子，眼泪忍不住地掉。追思文字已经发送邮箱，希望思文的爸爸妈妈保重身体，节哀。"

"不知道他遇到什么事。那么善良的人，真的好难过啊越想越难过……"

"诸位多保重！"

微信群里热闹了半宿，以为人将重聚，然而几日过去，其实发悼文的也只有一两人。工作或进修，大家陷于日复一日忙碌的旋涡，最多就是口上发句感慨罢了。毕业之后，泥沙裹挟俱下，也说不清哪一种堕落更好。

而她，始终不敢出声。

都说Amily在当届同学中混得最好，受尽羡慕——衡量这份"好"的标准，自然就是月薪收入。而这当中无数个加班、跳槽、重压抑郁、以泪洗面、辗转难眠的夜，便是不足为外人所道了。

七年前刚刚踏上港岛，在湾仔的入境事务处递交第一份逗留签注申请以后，从楼底往顶上看去，大厦入云。没证的不一定不是香港人，有证的也不

一　林二汶：北京道落雪了。

一定就是。七年后，这条路熟悉到闭眼也能走完，从入境事务处拿到最后一份逗留签注的注销、永久居民身份证的领取，还是同样的角度，广厦林立。

当终于可以昂首挺胸走出，出门仰首而视，仍是望不到头的高层建筑和被压缩成细条的蓝天，巨大压迫力仍然逼得她喘不过气来。拿到永居香港的身份，就意味着能解脱了吗？

这些年想要得到的，或许都得到了：光鲜靓丽，身份得体，进入上流社会，成为有钱人 …… 总之一句话，她不要再算着账过日子，她想再不操心，得自由。现在算是有钱了，可她算有自由吗？似乎都做到了，又似乎都没有。她的轨道没有偏离，欲望却偏离了，心中的煎熬一丝不减。

但即便日子过得再难熬，比之落于人后的羞辱，那也是更不能忍的。想到这里，Amily 记起曾经的室友 —— 自己英文名来源的那个香港女孩。毕业以后，两人保持着不远不近的来往，赵宁曾问 Emily 自己取名 Amily 怎么样，还得到对方的连连称好。此时此刻，她掏出手机发了条讯息，邀请 Emily 逛街。

"又不记得路了？"好久不见，Emily 面容沧桑，穿着也老成了，普通话倒流利了不少，"跟你说很容易找的，往右转过两个街口再左转然后直走再转左……"

Amily早已成竹在胸："我不像你是本港人，搞得清这些弯弯绕绕。打车就好了嘛！"

"就是了，你有钱，哈哈……"对方的神色暗了一秒，眼光闪烁，"越变越美！这衣服，好贵哦……"——VALENTINO的经典黑豹款式，摇荡着古典气息的长裙，宝塔荷叶边的设计，激光镂空技术，当然了，重点是正版，虽然花去她半个月工资——"……好华丽，正衬你！"

听Emily这么说，Amily忍不住露出得意，清清嗓子，一指前面："去逛街。"

直入北京道的高档商场，接连试穿数十次衣裙，刷爆两张信用卡，Amily郁结的心思终于舒展，眉笑颜动，这才回头望望一直跟着提包的Emily："你怎么不买？"

"不够钱啊。"

"叫你男朋友掏卡！"

"哼，他穷过我。家里还有老母和祖母要养。"

"他愿意赚外快吗？我因为不擅粤语，很难融入本港同事的圈子。不如请他为我补习粤语，我愿付他高薪，也好帮衬你们嘛。”

"他周末也忙，好似好多兼职。而且现在哪里还要学粤语，都要学国语才能找工作了。"朗豪坊广场展览区，身边拥过一批普通话人群，Emily叹口气，"我哋影张相？"

"不了。"Amily带着疏离淡淡拒绝。如今她的交际圈都是大人物，就算与Emily拍了相片，也绝不会拿给人看。见到当初趾高气扬的港女如今气焰全无，她心情更好："跟你说，我去年去到英国旅行了！"

Emily突然噎住，良久才回道："我都想走，受不到香港催命的快节奏。"

"那就去咯。你们香港人，出国连签证都不用办。"

"出国不用签证，返内地倒要办证。"从前Emily总说内地是水深火热的脏乱，如今竟然动了返乡念头。

Amily觉得想起来也很荒唐："踏出国门免签，国门之内却重重障碍。"

"我去办回乡证，谁知比办入港证更加拥挤 —— 排队密密麻麻，弯了几弯看不到头。"Emily苦笑，"有几多香港人要返内地啊！"

"我前天预约，已经轮排到三个月后。"Amily
也撇了嘴。

Emily 转眼看她："你也要申请？好不易脱了一
层皮，成为香港人，干吗还返内地？"

Amily 不为可知地摆摆头："难道你不知道，
我们港漂换永居身份的目的，就是为了有朝一日离
开香港吗？"

Emily 皱眉，不懂这种自相矛盾的逻辑。

Amily 不愿解释，讲了对方也不懂，干脆转
了话题："你怎么样？申请到公屋（香港的廉租房）
了没？"

"不如问我中彩票了没！"Emily 垂了头，神色
黯然，"你哋大陆仔，在老家衣食无忧，还要来抢
饭碗，我哋都没饭吃了……"

这是当年那个意气风发的 Emily 吗？自怜自
艾顶什么用，世界一天一变，落后全因自己不够努
力，有赚外快的机会都不肯，怪得了谁？Amily 皱
了眉，不觉冒出一句粤语："咁就揾钱咯。你哋香
港仔，係唔係都好天真啊？"

A.
情流夜中环（后）

仿似一晚天际星宿的聚会

仿似一只一只归鸟回家[1]

搭乘的列车高速穿过幽暗隧道，蓦然掠进光亮。Amily手臂一滑，从假寐中惊醒——坐过站了！她一把抓起手包，迅速往将要合上的车门奔去。

离开了港姐选美圈，她重回金融界打拼。在分秒必较的商业社会，高薪绝非轻易得来，要靠每日工作超过14小时的劳动力压榨——要算时薪，其实比工人也多不了多少。更别说同事间狼争虎斗，合纵连横——毕竟在这种地方活下来都是食肉动物，稍不留神就背后一刀。

今晚宴会决不能迟到！之前在外资投行受尽挤压，Amily削尖脑袋跳槽到港资。幸而遇见照顾她的上司孙总，时常给些指点，拂片荫庇，这才算走上了一条捷径。因而这次对方邀请在party之后共进晚餐，虽然必又是中年男人自我吹捧的老生常谈，但Amily还是精心打扮，连致谢词都对着镜子演练好几遍。

找到位于兰桂坊的酒吧，这次再不用购买入场票，直接出示贵宾券，门口服务生的脸立马绽出一朵花。屋内灯光昏暗，LED灯转出炫目色彩，Amily提起裙子，昂首迈了进去。浓烈的酒味扑鼻直来，远远就听到孙总在人群中央畅谈，时而放声大笑。众人熟练寒暄，你来我往，仿佛早已排练过千百遍。

Amily蹬着名贵的高跟鞋，一步一摇摆走了过去，来到熟悉的灯光中央。她有的是经验，知道如何在三分钟之内就闪闪耀眼，不卑不亢，拿捏分寸，充分展现训练有素的谈吐，以及旗下所挟的资源条件，当然，还有惊人的酒量。"美女你好，裙子很靓嘛！"迎面走来一位中年男子，递出手上的酒，Amily接过一饮而尽，按捺住小腹隐隐作痛的不适。

那人眼光亮起，嘴角咧开："爽快！留个联络方式吧。"

她擦了擦嘴，掏出手机却被人劈手夺走，孙总不知从哪儿冒出，一脸不善："王老板，这是我带来的人，留我电话就好。"

"孙总哪里的话！"对方讪笑几句，用怪异的眼神望她两眼，走开了。

如此情状重复数次，孙总似以一种护卫姿态，疏赶开试图跟Amily打招呼的人。这样的场合，如果不为多结识人脉，还能为了什么呢？Amily面色不悦。自己并不是孙总的包养情人，却莫名担上这风言风语，教她以后如何在圈里混？及至后来共进晚宴，她的情绪明显不大好了，再听孙总照常自吹自擂的时候，也不似平时那样捧场。

"小姑娘，光努力工作是不够的……当年我一穷二白来到狮子山下打拼，日做夜做，才到如今地位……就说现在手握30套房，躺着收租都比你赚得多！你看看我儿子过的什么日子，你们这帮年轻人又过什么日子了。还记得我以前的老同事，你知道他是怎么混过来的吗……"

孙总五十多岁了，霸气中略带几分儒雅，有时谈到兴起，还会把儿子的照片给她看，原本Amily对他还算尊敬：这位事业有成的中年男子，只有对我不一样，会说心里话——她总这样想。然而今晚占用周末的私人时间，耗费精力却毫无斩获，还要扮出一副听讲模样，实在教她失了耐心。

"我已经接连加班五天！"Amily终于忍受不住，"孙总，我都得了焦虑症你知道吗？每晚睡不着觉，吃中药，看心理医生，你还要我怎样！"

旁边几桌的客人朝这边投来古怪的打量。孙总也没料到她有如此大的反应，伸出筷子指指她：

"好了好了，坐下。别喊，别那么神经过敏……那就听医生怎么说吧。有什么大惊小怪的，谁没得过焦虑症呢？"

"你……"Amily气得无语，却终究没有转身离去的胆魄——这是她顶头上司，除非她想再丢工作。

对方见她怯生的模样，嘴角带笑，知道自己又成功了："小姑娘，坐下吧！我可不是单纯地跟你吃顿饭，要知道，这样的谈话其实是在教授免费VIP私教课，告诉你商业社会的成功法则和人生哲理，别人想学还没有门路呢！你可要珍惜啊！人啊，不能又做不到坏事，又舍不得瓶瓶罐罐。"

她银牙咬碎，却只得在旁人怪异的目光中乖乖坐下，继续受刑——怎么过去这么多年，审视的目光还是没变呢？终究以无声当作抗旨，再不回应嗡嗡噪音进攻，偶尔假笑敷衍，直挨到这顿饭结束。

孙总开车，问要不要捎她一段。以往Amily都会骄矜点头，享受这小小的"美女特权"——自觉成了上流人。而这次她紧揾小腹，决然摇头，逃也似的快步走开了。

她的头烧得发晕，拖着往前的每一步都格外

沉重，偶尔经过栅栏隔开的施工地，突兀兀竖在那儿，像光滑皮肤上的疤痕。途经店铺吹出冷气，把寒意打进骨髓。腹部又开始作痛。这么多年过去，什么都变了，唯有痛经的毛病没变。

"所有的metropolis都差不多。"Amily想起自己什么时候说过这样的话，也是一个繁华的夜。那时还有宋思文和施青作陪。

繁夜已深，人已去。如果结局总是孤独，何必一定要寻归宿？也许，她注定是个天涯沦落客。

Amily孤身一人，恍惚走过维港码头的海边戏院，演出散场的人群零散唱着小调。夜色凄凉，戏腔飘摇直上，恍如一截清泉扑面来——她记起曾跟宋思文听过那句戏文："原来姹紫嫣红开遍，似这般都付与断井颓垣。"

美则美矣，美在戏腔悠悠，美在眉目翩翩，但最美的是慢悠悠的步调，比起自己满脸妆容且满心疲惫，是要美多了。但慢也真的慢，一个羞涩的眼神持续五秒，一句搭讪的话要说五分钟，这在现实的party上，男仔早就溜过去了！谁知后来B总带她去看演出，自己竟莫名哭了。烦郁的心绪忽然平静下来。腔调这么慢，平时视频都要快进，怎么就看得进去了呢？

在这样一个莫名其妙的时刻，她脑海中忽然浮现宋思文最后的话——那是散伙饭之后，男生唯一一次打来电话：

"宁宁，你现在过得快乐吗？"

"叫我 Amily……怎么问这个，可能是快乐的吧。"

"可能？你知道什么是快乐吗？"

"不知道。"

"不知道还说自己快乐？"

"所以我说可能啊。"

话筒那边沉默许久，最终只抛下了一句话："一定会遇到快乐。宁宁，我希望你知道什么是快乐。"

想到这里她猛然抬头，望见维港旁的一座长方体楼面如今成了屏幕，银灰色钢铁披上亮彩，在光影流动中变幻璀璨。映入海水之中的波光，粼粼又成了新的画卷，两处交相辉映，仿佛这辉煌盛世。

曾经的赵宁会惊呼于光影之美，如今的 Amily 只把头一昂，憋回眼角的泪。兜兜转转，她回归原轨了吗？还是说，来到了一个与初心重叠却又偏离的平行宇宙。身边的一切仿佛都在轰然崩塌，高楼也塌了，宴席也散了，人也走丢了，但她还是这么硬挺着，继续走下去……不能想。不能回头想。一旦回头，就会被那道强光刺瞎，被曾经的理想灼伤，就像隧道尽头的微光。她已经不是小孩子了。不得任性。Amily告诉自己。

终于抵达租住的高档宅区，她吃下安眠药，喝过睡眠液，像把头埋进沙子的鸵鸟，躺在床上蜷起腿，揉着高跟鞋刺伤的脚跟，双眼炯炯盯住夜空。可那歌唱声像一道尖利的划口，说不清道不明，隔着悠长时空，仍然拉得赵宁心中作痛。

此刻，在这座危城之中，她终于又回到了当年那个心中胆怯但强装镇定的小姑娘模样，提起勇气给宋思文拨去最后的电话：

"对不起，您所拨打的用户已关机。Sorry! The subscriber you dialed is power off……"

港 吟光 著 漂
The Memory Puzzles of Hong Kong Drifters
记忆拼图
第三篇 如逝

Lawrence

性别：男
家庭情况：单亲家庭，被抱养
家庭条件：优渥
学历：美国留学生
职业：银行储销、基金管理
身份：海归
自我认同：强

赵宁

性别：女
家庭情况：有一个弟弟
家庭条件：小康
学历：本科毕业生
职业：未知
身份：香港本地人
自我认同：强

Emily

施青

阿Ray

性别：男
家庭情况：单亲家庭，弟弟被抱养
家庭条件：小康
学历：未知
职业：地陪
身份：香港本地人
自我认同：一般

性别：男
家庭情况：不明
家庭条件：不明
学历：大陆留学生
职业：不明（赵宁男友）
身份：港漂
自我认同：不明

圆圈由大到小表示此人物在该篇章中的重要程度

连线由粗到细表示此关系在该篇章中的重要程度

01
02
03
04
05
06

07 赵宁回忆起刚进公司时，邀请Emily来参观，但Emily不喜欢太侠的节奏，赵宁不解。

08 直到赵宁偶遇穿戏服的女子，那种淡然使她领悟侠与惯的含义。

09 赵宁想起宋思文，当时因与他一同来车，以在出租车司机，线路都有底气叫板，回忆结束，赵宁终于过海。

10 Emily因手机没电无法联线，到家却发现男友ray在楼下等待，于是心中烦躁，与其争吵。

11 Emily回家后一边吃药，一边与母亲就留学的费用问题争吵，事后心生怨怼，吃完附饭便新做顿肉。

12 Emily因租屋和弟弟争吵，打坐静修时心里赌好赵宁的生活。在母亲的收音机声中无奈入睡。

13 赵宁和Emily在酒吧街边走边聊，偶尔经过施工地，终于到达清晨。

14 Emily和赵宁在Lawrence面前争锋相对，赵宁用Emily的房子与男友敌待了E的虚荣。

15 Emily和赵宁在Lawrence面前争锋相对，赵宁用Emily的房子与男友敌待了E的虚荣。

16 Emily坠梦随宴，恍然确实，在床上一阵纠结后，最后在戏曲声中重新睡去。

中国美术学院
China Academy of Art
创新设计学院
SCHOOL OF DESIGN&INNOVATION

小组成员：杨舟 杨骁 杨若晰 胡备
艺术指导：端木琦 王志鹏 程斌 项建恒

第三篇
如逝（POV：赵宁/Emily）

> 她就像最爱的菠萝包一样，长在便利店的
> 尘土里。

这不是她第一次迷路了。城市在她的脑海里只是幻影。

众所周知，这是个恢宏的时代：星空灿烂，地上灯明，人潮滚滚是消除寂寞的灵药。你看，每个人脸上都露出一模一样的欢欣笑容。电车呼啦一声从身边飞快驶过，人造圣诞树上挂满闪光灯泡和毛绒玩偶，像巨大的怪兽眨眼 —— 但这一切，在她高度近视的视野中只是一片明亮的模糊，什么都看不清。

头烧得晕晕，穿着高跟鞋的脚上水疱刺痛，十二月底了，店铺还在拼命吹出冷气，路灯的光刺在脸上，她就这样一阵明一阵暗、一会儿冷一会儿热地走着，丢了背包，手机电量只剩百分之三，在平安之夜不平安地迷失港岛。

喧闹的人流涌来，她鼓起勇气拽住其中一个："请问 …… 过海巴士在哪儿？"

"那边，那边。"对方随意指了指。

"哪边？"她追问，"抱歉我眼镜丢了看不清，能否帮忙指一下 …… "

那人斜眼瞟她："我哋要去睇戏，你问其他人咯。就那边！"说着转身追上队伍离去。人群发出一阵哄笑，最后几个字消失在决然的欢欣当中。

3

这年代还有人看戏?"哦,多谢。"她以为自己听错了,又不敢再问,兀自低下了头。高烧不退让人无法思考。她立在原地,惆怅地来回张望:哪边?

我开始生活在这个城市,见到它所有的大楼,跟这里的人打交道,仔细观察每条街道,直至不再仔细观察它。这些都将成为我的记忆,而我还浑然不觉。[1]

1 电影:西班牙公寓。

"宁宁，又不记得路了？"Emily如天降神兵出现身后，熟稔地拍了拍她——Emily是赵宁住宿舍时候的室友，祖辈从广东农村迁徙而来，后来自己搬出去租房住了，二人保持断断续续的联系，"跟你说过好易找的嘛，往右转两个街口再左转直走转右……"

赵宁哑然失笑："你怎么这么熟悉？这些弯弯绕绕!"

"我男……我有个朋友是做导游地陪的。"Emily似乎不愿多提，转而用审视的眼神上下打量对方，"今日你打扮，算过得去吧，妆淡了一点。又没带口红吧？等阵给你补！记得我讲过咩？长裙要配高跟，黑色不会出错……"赵宁乖乖听训，一边习惯性掏出手机记录。作为优等生代表，上课听讲已经成为习性，化妆也不例外。

绕过几条巷道，踏过满地垃圾和泥泞，二人终于找到今晚party的酒吧。屋内灯光昏暗，头顶LED灯旋转着闪出缤纷，炫得人头晕。Emily身披风衣、脚踏战靴当先闯入，赵宁跟在后面提起裙子，也小心翼翼迈了进去。浓烈酒味扑鼻，Emily一进来就放声大笑，咬一口糕点喝一口酒，钻到人群中央跟人寒暄起来。赵宁环顾四周犹豫片刻，还是跟了过去。

"最近忙咩?"

"搵钱咯,都係咁……"

"听讲要去留学了?"

"哈哈哈哈,等搵佐钱咯……"

"你酒呢?"

"哈哈哈哈,再去拎一瓶……"

她张了张嘴,发不出声音,仿佛被什么东西束缚住了。众人熟练地客套着,笑容毫无破绽,仿佛排练过千百遍的剧目。唯独赵宁一句话也说不出,置身事外般尴尬,只能装作认真品酒,希望不被发现自己被遗弃的真相。赵宁其实不擅饮酒,每次喝完都头痛欲裂。但在这个陌生的城市,她常来酒吧 —— Emily说不要做鸵鸟,想融入就得多去酒吧。Emily是她半个人生导师,话虽不好听,却是这个城市的生存法规,她奉为圭臬。

磨了两小时以后,赵宁终于忍耐不住,兜里的现金也几近见底。在被注意到之前,她拎着裙子想钻出人流。

"你好啊靓女!裙子好靓,来瓶酒吧。"混乱场面中,赵宁无意跌撞到一人身上。对方扶住她,笑着递来手上的酒。她习惯收到恶意,一旦面对善意倒无法回绝了，半句话也说不出，只接过酒一饮而尽——而后很快干呕起来。

于是那人的笑容更加温暖，空调一样向四面八方散发热气："发烧还喝酒，真是爽快人！来来来，留个联络方式吧。"

赵宁慌忙擦擦嘴上的酒沫，受宠若惊地掏出手机，正看见屏幕上跳出一条信息："你听说了吗？宋思文原来……"她打个趔趄，左眼皮跳了跳，脑中过电般闪过跟宋思文牵手漫步的场景。

没等文字完全加载完成，手机屏幕暗下去，电量耗尽自动关机了。该死！Emily已经找不着人，不玩尽兴是不会管自己的，这下查不到地图怎么回去？

想起还要回去，她恍然大悟，惊觉自己走错了时空，一把推开眼前人，奔出酒吧。

我几乎在一瞬间爱上了这里。这里的嘈杂和混乱，就像我内心一直以来的声音。我愿意付出一切来融入。[1]

1 电影：西班牙公寓。

1　　　　　看不见海港，但模模糊糊能闻到咸湿味的方向，于是跟着鼻子走过去。她需要过海，回家。

夜半的城市仍然亮着灯，街上却人烟稀落了。为保险起见，她审度观察过几家店铺服务员的脸色，最后下了决定，顶着空调冷风走进某间便利店，还想再问一次路："您好，请问维多利亚港怎么走……"

身着制服的服务员不耐烦抬头，用嫌弃眼光上下扫视她，然后认真答道："唔知！"

"哦，谢谢。"她礼貌道谢，竟然舒口气，心满意足地出门继续走去 —— 在这个城市里，每个人都在生着闷气。习惯收到恶意，这才是预料之中的回答。烟花在暗夜开出五颜六色、火一样的绚烂，拥抱了整座城市，然后又重坠寂灭。她抬头盯住虚空。

"宁宁，节日快乐！一个人在这里？"再一低头，她发觉自己已抵达海港，前面两个女生正在说话，其中一个高个传来趾高气扬的声音，分外耳熟："星光大道在维修，你到这儿逛什么？"

另一个稍矮的女孩口中嗫嗫嚅嚅："Emily！幸好遇到你，可以一起回去！我……我迷路了。"她长得真像自己。她想，鬼使神差地跟上两人。

"哈哈哈，第一次听讲话有人在城里迷路！"被称为Emily的女孩化着浓妆，两个大耳环丁零当啷，咬着大舌头国语粤语混杂，"我哋开party你不来？一个人不习惯吧？"

"下次……还好，我不知道怎么……"

Emily上下打量对方，撇了撇嘴角打断："你穿得也太老气！我阿妈从小教我，旗袍是为女生发明，就算不能每天都穿，起码都要裙装。你看你怎么穿裤子！知不知这里都从衣服看人的？"

她看到Emily穿着格子短裙配黑色短衫，印着大大MK字样的包包背在身上格外干练。"我习惯了……你说得对，但我不会……"运动外套的长裤女孩又垂下头去。

"交给我！给你重新打造形象！"Emily爽快地笑，大香港文化自豪在此刻涌现出来。

"谢谢。"女孩抿了抿嘴，眼光闪烁，"你一定到哪儿都能很快融入吧……"

"係咯，依家效率至上！唔似你讲嘅都好慢。"Emily昂头，"话俾你知，我下一年出国留学！"

"太好了，那阿Ray呢？"

提起共同长大的男友阿Ray，Emily不觉撇嘴："睇佢有冇把炮，能一起走最好。佢退咗学，打工攒钱，你睇个手包，佢新送我嘅!"说着，她高高抬起臂上斜挎的真皮手袋，显眼的色彩在路灯照耀下熠熠生辉。

"你男友对你真好……真羡慕你，我在这儿没有家。"

"家? 那个25坪住5口人的地方吗? 瞓觉伸不直腿的床? 小方格一样的窗户? 或是永远不停的唠叨? 我先羡慕你，可以离开家去远方!"

"但回家有留灯，桌上有热饭，痛哭有怀抱，对吗?"那女孩笑着说，她想到自己的租屋。白天还好，夜晚入睡分外冷戚，寒气就像药力慢慢渗透入体。所以她总是晚归。

Emily被这话噎住，收了锋利的眼神，瞥她一眼:"得把口讲，你哋大陆仔，屋企好大先叫家……算了唔讲了，返屋企吧。"

这话倒是提醒了旁观的她，甩甩越发沉重的脑袋，离开两人继续找路回家。天空下起灰蒙蒙小雨，打在脸上，不知是谁的眼泪。

世界怎么会变得一团乱? 是不是必须变成这样? 一切都那么复杂、虚浮、易变。在只有小桥、流水和农田的家乡，一切都简单得多。[1]

1 化用自电影：西班牙公寓。

凌晨的城市，灯饰渐次拆下，留下废墟现场似的黑乎乎。地铁停了，巴士来回穿梭，每辆都长得一样，她茫然在路边站了许久，招手能停的只有的士。

"去哪儿?"的士司机目视前方，面无表情，艰难努力的国语。

她声音怯怯，知道自己不占理："我 …… 师傅，我钱包掉了，可不可以帮忙 …… "

"给你开到银行取钱。"师傅答得爽快。

"银行卡也掉了 …… "

"那送你回家我等着，叫你家人给钱。"不等她答话，车子已经开出了几十米，"不过等的时间也要计钱。去哪儿?"

她一时语塞，沉默了许久才涩然作答："我想回家。"

"我知，问你家喺边度! 听不明吗?"乐于助人的司机师傅终于不耐烦起来，"你哋大陆仔，一个两个都好麻烦 …… "

她扭过头，看高大的钢铁建筑物快速掠过，车辆行驶激起水汽模糊了窗玻璃，万家灯火落在眼里恍如荒原。路过一片亮灯，星光大道什么时候修好重开的? 她甩甩越发沉重的脑袋，已分不清回忆和现实的距离:"不知道,随便开吧。"

"好。"

沉重的脑袋倚在车窗,她想起刚来中环那阵。历经数轮面试,终于加入梦寐以求的外资投行。这里每个人都是西装笔挺,即便快递送信也将头发梳理整齐,是她喜欢的"高档"氛围。第一天下班,赵宁特意约Emily来参观,谁知平时总说要快要快的Emily,这次却倔强昂起脸,说她不喜欢这里 —— 过马路时,路灯比其他地方更快地嘀嘀作响,像催命一样;等红灯时,大巴士飞快驶过,热浪袭来似要把人融化在烟尘里。每个人都是面无表情和步履匆匆,想把这所有的一切都甩在身后。

那时候赵宁不懂Emily在说什么,只觉得这人怎么又在变。不过是因为自己得到了而她没有,又要找新的角度来批判,其实道理真伪不要紧,用来说明自己高贵最要紧。直到有次在路上,赵宁见到一位身穿戏服的女子,逆着所有制服笔挺的人群缓步在走 —— 长发及腰,丝巾随风扬起,配着素色绲银边长袍 —— 面上是不急不忙的淡然。她从未见过那种淡然。她忽然有些懂了。懂了什么是快,什么是慢。

她想起宋思文,那个性格绵软的江南男生。上次跟他坐出租，司机蛮横绕路，赵宁操起蹩脚粤语跟对方辩驳，还将车号拍了下来，气得对方当场停车赶他们下去。虽然停在前不着村后不着店的荒芜地带，好歹没再多收钱。即便宋思文的粤语比赵宁还烂，在旁也没敢说什么，可让她心里有底，嘴上不饶人。但如今自己独身一个，再不敢力争了。

的士车经过长长的海底隧道时，灯光煞白，她感觉头更晕了，泛起一种不真实感 —— 偌大的海洋悬挂头顶，整个城市就像豪华客轮随海水起起伏伏，一个浪头打来就会被淹没。平时打出租车赶路总是忙于补妆，从未有空欣赏什么海景。

从隧道中出来的那刻，她必须得捂住双眼，以免被突然洒下的亮光刺伤。

她终于过海，却已在海里消失。

中环、尖沙咀、旺角、油麻地、九龙塘……一长串新名字之后又是一长串：荃湾线、港岛线、将军澳线、东铁线、马鞍山线……脑子里全是它们。渐渐地，就变得普通而熟悉了。[1]

1 化用自电影：西班牙公寓。

6

手机没电无法联络，到家时发现男友阿 Ray 正在楼下等待，这黏人的牛皮糖，她张口就是不耐烦："同你讲咗，我自己返嚟!"

"我，我担心 …… 你又去咗 party？你妈打电话问咗几次，手机又唔听?"阿 Ray 低声踌躇，着装保持西装齐整，还梳了发型，看来晚上又加班了。

她愣了两秒，抬头望见小小的视窗泛出橘色光亮，心中烦躁停顿了片刻，但又很快换回厌倦之色："担心咩，我有咩可担心？都係你，话咗我要去留学，你点算？自己谂咯!"

说完她掉头就走，已经踏上楼底，忽然背后传来轻声的一句："你 …… 係唔係见过 Lawrence？"她狐疑地回头，却见阿 Ray 已经扭过身走远了，那声问话仿佛错觉，飘在空中。她也懒得再理，拖着沉重的步伐推开家门，桌上摆着热饭，母亲闻声而出，一只手放在嘴上："嘘! 小声点，细佬啱啱瞓觉。"

"知了!"她不耐烦地轻轻拉开椅子坐下。

母亲皱眉，递过来一盒药片，继续叨叨不绝："又返嚟好夜，之前点同你讲？发烧仲咁夜，要玩唔要命 …… "

"好烦!"她尖叫起来,恨不得捂住耳朵,"下年我出国留学,申请已经交咗,唔使听你啰唆!""咁你自己揾钱。"母亲双手在围兜上擦擦油,为她布菜,"出国留学都是咩人家,我哋得吗?你知,细佬就嚟上大学啦……"

"自己揾就自己揾,我打多一份工!"她大声吼道,用力截断母亲的话,截断后面可以预想的无穷无尽。母亲愣住,居然没有呛声反驳,而是从布菜中抬起头望她一眼 —— 那眼中饱蘸的心酸、挫伤和落寞,教她一时承受不来 —— 幸好很快又低下头,收回了眼神。

然后母亲放下碗筷,一把脱了围裙,轻甩在桌上,转身离去,只留下一个旗袍摇曳、耳环脆响的身影 —— 即便那是穿了几十年的旧袍子,即便总用围裙遮住以免沾油。是的,在家中晚餐,母亲总也穿戴整齐 ——"父亲亏待我们,我们不能亏待自己,不能过得乱七八糟。"母亲如此说。

看着对方离去的背影,她有一秒钟愣神,说错话了吗?

只是高烧导致的头晕吧,她扶扶额头,都晕一天了。于是她重获心安,虎咽狼吞吃完剩饭,终于逃也似的躲进自己屋内 —— 储藏室改造的狭窄小屋只放得下一张床，旧家具还堆满角落，压缩着原本紧迫的空间。弟弟在上铺已经睡着，她蹑手蹑脚蹭上床，还是扰醒了男孩："家姐，又到好夜?"

"OT（加班），OT（加班）。"

弟弟发出半梦不醒的抱怨："返工都唔出去住，工资低，不如揾个有钱姐夫啦。"

她气得重重拍打床沿："乱讲!"

弟弟哼了声，转过头又睡去了。她盘腿坐床，缩着头以免撞到低矮的上铺床板，双眼微闭，手放膝上，开始打坐静修。这是阿Ray以前教她的心定之法，有时候有用，有时也不大准。没有等来妄念皆除，仍然心猿意马，无数个念头从脑海中生起：弟弟明年要上大学，可以申请宿舍，自己也许终于能有单人空间了。只是这学费…… 反正现在也解决不了，以后再说吧! 她竭力让自己不想这些。

那大陆女仔本来家境就好，又是独生没人抢食，讲白了生来就是公主，不打扮也千娇百媚，教她眼红嫉妒，更别说毕业还找了个有钱有面的工作，搬出宿舍独住高档公寓，一路顺风顺水，哪知道柴米油盐贵? 偏偏自己本就缺钱，时运不济更兼技不如人，就找到最基础的糊口，只得回到家中局促小屋。空间压缩加剧情绪压抑，她待得一日不比一日，打起了申请政府廉价公屋的念头。可全港几十万人抢破头，就跟买彩票似的概率，哪那么容易申请？只得在申请表上多做功夫，她成日上网查信息、找攻略，着魔一般地填写资料，抹了又改，改了再写。

驴事未去，马事又至，隔壁传来咿咿呀呀的戏曲声，撩得人心烦意乱，应该是母亲又在鼓捣那台旧式收音机。

"系春心情短柳丝长，隔花阴人远天涯近……"[1]她捂紧耳朵，吵死人了！真是老古董，她从来听不懂，耳边聒噪忍无可忍，只想快些逃离苦海。这人啊，总得自救。

她叹口气，终于放弃打坐。逼仄的屋室透气不好，更无法通风，灰尘积了满窗，让过敏性鼻炎的 Emily 很是痛苦。为了不吵醒弟弟，她竭力忍耐住打喷嚏的冲动，捏着鼻子掸掸灰，躺下去试图入睡。母亲爱看的旧海报贴在墙上，房子如此狭窄，要怎样目光长远？

小屋门口挂了块名牌，是朋友旅行带给她的纪念品："Emily's room"。

[1] 汤显祖：《牡丹亭》。

5

"Emily，Emily！在这里!"听到大陆女仔在酒吧街入口处高喊，Emily快走两步，看到对方的一刹那，不禁惊住："脸色好差?"

赵宁面上浮出苦笑，声音中带着倦意："果然是教我化妆的师傅啊，化了底妆还看得出来！唉，你以为，钱是那么好赚的?"

Emily噎住，转换夹生的普通话："住好大的屋，还不开心?"

"那是租屋，又不是买的。"

Emily又呛了呛，只得自己找个圆场："宁宁，你今天好靓!"

"那是师傅你当年教的技术好!"对方假笑，也说起场面话，于是二人状若亲密地挽手往街内走去。

偶尔经过被栅栏隔开的施工地，好像满是创可贴的一张脸，这让她想起一关之隔的内陆。过几年就好了。等到修路完成以后，新房子盖起来，城市就不一样了 —— 城市规划师常这么说，你自己想象吧！撕开创可贴、整容伤口愈合的脸，该有多美。每间店铺门口都摆着蓝白的支付宝和绿色的微信收款码，跟往年不同，如今海底捞和小米的牌子最是耀眼，她们穿越街巷，路过一间间关门的老铺头，那酒吧藏在蓝蓝绿绿深处的灯牌底下。

宴会开始时分，炫彩的摇头光束亮起，射灯左右摇晃，照得人眼花意乱。人群交头接耳，多年没变，聊的还是那些话题，只是换了种语言：

"听说你要去留学了?"

"攒钱呢。"

"干吗总想着出国?"

"出国才能进入上流社会啊。"

"不是有钱才能进入上流社会吗?"

"先进入才有钱啊。"

男友阿Ray前日说了，家中本无积蓄，还有老母要养，怕是无法陪她镀金。Emily原本对他没抱什么指望，抱怨责骂了几句也就算了，但至此更积极参加活动，希望结识人脉机会。每年一度的圣诞party最为紧要，她特意约伴同行，希望借旧友的好条件为自己加分。

虽然来得不多，但对这种聚会她早已熟稔，打眼观察片刻，便找到全场条件最好的名校海归人士：Lawrence。见他一副彬彬有礼的模样，定是频繁出入高端场合。但她知道，此刻第一要素是不能直接出击，法则应以静制动、以退为进。老练的Emily自有打算，转头与旁人谈笑风生起来，偏就不理她的猎物。

旁边赵宁碰了碰Emily的杯子，小声说："又是一个Lawrence！这种金融才俊连名字都一样的吗?"

"你碰到过几个Lawrence?"

赵宁耸耸肩："不可胜数。"

"你不中意，给我咯。听讲是个留学的有钱佬呢!"

赵宁瞥了瞥她，几不掩饰眼中的鄙视："你不是有个青梅竹马的男友吗?"

Emily抿抿血红的唇，把头一昂："人往高处走，又能怎样呢!"

为免被赵宁看出失态，她往另一边走去，杯酒下肠，想到留学梦很快如愿，胸中郁结这才开了怀。待她终于调整好心态，顺手掏过几个小点心，再往回走寻找Lawrence的身影，却惊觉他正与赵宁开怀畅饮!

只见那以往的小跟班换骨脱胎，清淡的妆容显出格外高级，在外人看来仿佛并未化妆 —— 时下最流行的素颜妆！自己并未教她，怎么会的？再看那一袭银灰色及地晚礼服在灯光下格外耀眼，不知从哪儿掏出戴上的一对珍珠耳环随主人谈笑而轻轻晃动，粼粼生色 —— 那样如鱼得水，像高傲公主，俨然成了聚会中心 —— 正是自己幻想中的完美形象！

Emily气得咬牙，手中的酥软点心几乎捏碎，一抹嘴角余渣，溜去卫生间补了个妆。这女仔是我亲手教出的，师傅还能比不过徒弟了？她这样想着，竭力把妆化到浓烈，眼影又叠加了几道，腮红打得像蜜桃。而后昂起头颅，踩着高跟鞋噔噔过去。

"对了Emily，我正想找你。"赵宁见她到来，当着Lawrence及众人的面，主动挑起话头，语气不急不缓，旁人听来如沐春风，"听说你要租房？终于搬出家里的小储藏室了，恭喜啊！"

Emily被问得措手不及，尴尬地瞄一眼Lawrence，祈求对方没有听清。谁料没等她岔开话题，赵宁马上再补一击："因为不擅粤语，我迟迟未能融入本港同事的圈子。记得听你提过，你男友阿Ray家中贫困，不如请他为我补习粤语，也可赚些外快？"

这段话说得无懈可击，却完美击碎了Emily的虚荣和算盘。

英语、粤语、中文的各种语言在身边掠过，一切感到熟悉，却又全然遥远，内心强行钻进这夹缝——我在香港，周围却没有香港人，而我也是众多陌生人中的一个。为什么来这里？我不记得了。好像总在出发，未经深思，就去到某个异乡。我大约是某个典型。[1]

1 化用自电影：西班牙公寓。

7

梦中她气到浑身发抖，在床上翻了几次身，隐约听见上铺传来埋怨声："家姐别老动！吵醒我了。"

模糊的脑海闪过一秒清醒，她猛然睁眼，一滴水珠滚了下来 —— 这是怎么回事！自己究竟是谁呢？是生于本港的Emily，还是来港求学的赵宁？Emily生于此地，熟悉每一条道路，从不像内地女那样迷路。可她怎么觉得，自己的人生也一直在迷惑。

但这一丝疑虑很快被抛到脑后。反正无论是谁，无论是梦是真，在热闹而孤寂的时代，不都一样的。

她们不是对方的敌人。相反，她们就是对方。

Emily忽然想起某次时光洪流中二人的争执。身着正版VALENTINO碎花长裙的赵宁昂起头，言语中透露着骄傲："看我件衫，自己赚钱买的！那你呢？你值得骄傲的原因是什么，自身优秀还是家庭优渥？"

"我是本港人！"

"So？"

"我血统纯正！"

"哈哈哈哈！"对方大声嘲笑，"血统？这是在大清朝吗?"

"你看我九七年前出生,所以护照上隶属于英联邦!"

"哟这也值得炫耀,就说明高人一等吗,要不要给你颁个奖啊?"

"你不懂你不懂你不懂⋯⋯"Emily心中翻涌万千却吐露难言,只能一直大喊,吵得赵宁伸手捂住了耳朵。

但其实是懂的。场景变幻,赵宁矜贵的神情落寞下来,轻叹:"So sorry 把你们看成是妖怪⋯⋯你们明明是人,为什么要看成妖怪呢?可能因为,我心中住着一只妖怪吧⋯⋯"接着她想说什么,但什么也没有说出来。

"秦淮水榭花开早,谁知道容易冰消!"隔壁屋的收音机声传来,再度惊醒了Emily的梦。回想梦中的对话,像是现实中不会发生,但又心底觉得才是应该发生。

"睡了吗?"她抹去眼角的余泪,动作轻轻掏出手机,给Lawrence发了条讯息。果然没有回复。与此同时,阿Ray传来的数条未读信息还闪着红点,她却提不起兴趣点开,就让他等着好了。

这样的时刻,她心中五味杂陈,不知该如何

面对阿Ray的深情。深情能当饭吃吗？能给她住上
大房子吗？能带她出国逃离苦海吗？她想知道把阿
Ray变成Lawrence的魔法。为什么两个都是人，
却像一对走地鸡和凤凰，天差地别。

赵宁曾问取个Amily的英文名怎么样，Emily
口头支持，心中发笑，不就是对自己拙劣的模仿？
总是说什么信什么、教什么学什么，哪里懂得其实
快有快的要紧、慢有慢的好处。

Emily双眼失神，愣愣地瞪向一旁。墙上贴的
那张演出画报，上面女子化着繁丽的桃花妆，身穿
戏服，丹凤眼高高吊起，腮红打得透亮，眼波流转
仿佛来自另一个缤纷跳跃的世界 —— 跟她现在身
处的世界完全不同呢。屋外低声播放的戏曲唱腔，
颓废和荒凉，从前她不懂，现在却有些感应了：
"良辰美景奈何天，赏心乐事谁家院。朝飞暮卷，
云霞翠轩，雨丝风片，烟波画船，锦屏人忒看的这
韶光贱……"[1]

细细的腔调似断未断，仿佛悠长的线，拉动她
心中某根弦，诱发藏在岁月当中绵长如缕的缱绻情
愫 —— 这情愫让人愁，也让人痛。母亲总说，那
声音里有另一个时代。是光辉灿烂的岁月吧！她从
未经历过的。怪得了谁呢？生得迟了，生得错了，

不怪母亲,难道怪她?既然没机会出国,留下来也活不下去,难道要学普通话、回内地找吃食吗?

老旧木板床发出吱呀声响,翻来想去也是无用。现实,谁又能改变呢?谁有办法把阿Ray变成Lawrence?

于是她终究决定什么都不再想,用被子捂住耳朵,蜷着身子躺在床上,以一种回归母体的姿态,幸福地重入了梦乡。

港漂记忆拼图
吟光 著
The Memory Puzzles of Hong Kong Drifters

第四篇 离亭别宴

中国美术学院
China Academy of Art
创新设计学院
SCHOOL OF DESIGN&INNOVATION

小组成员：赵 蕾 彭志勇 魏 康
艺术指导：端木琦 王志鹏 程 斌 项建恒

简离

昆曲B角花旦、吟韵诗人
戏中人

"知道我为什么叫简离吗？
离别，原本是简单的亭。"

"痴由刚痴虫！偏是这点
花月情根，就割他不断么？"

旗袍
丝巾
棉鞋
墨镜
戏服

香港国际机场
Airport
2013.9.23
台风"天兔"逐步移近香港
简离第一次来港

谢先生送花二次回忆
洪老板设宴回忆

大屿山
Lantau Island

吟唱《离亭宴》谢幕

Lawrence
留学生，香港人，富裕家
庭，UCLA毕业，阿key的弟弟

宋思文
内陆留学生，北漂人，先忆
舞，宋别文婚改名为宋别

谢先生
垮花人，Lawrence的养父母"加
斯林斯辱"酸性台湾之一人。

绿卡 西装
相机 休闲
拐杖 西装

在礼堂第一次感受到香港
的文化魅力
也发现戏曲的观众数量少

城市大学交流会

后台补妆
回忆第一次演出

剧场
Theatre

旺角
Mong Kok

胶囊旅馆

新界
New Territories

Lawrence与简离一同观看
昆曲《桃花扇》

尖沙咀
Tsim Sha Tsui

建筑群挂上圣诞灯饰，
还能看到对岸的广告牌错落

兰桂坊
Lan Kwai Fong

金钟站
Admiralty station

珍宝海鲜舫
Jumbo Floating Restaurant

庆功宴 2017.12.23

"两喝一杯两喝一杯！
今天可是简离小姐的首秀，大
家都得好好庆祝！"

家乡剧场(浙江)
跟父母相处几乎喘不过气
来，满心想着如何逃离

九龍
Kowloon

校园剧场
刚转行花旦在剧团任B角
第一次登台表演
宋别观《荆门记》

维多利亚港
Victoria Harbour
警察打来电话 宋别死亡讯息
Lawrence向简离表白被拒绝

铜锣湾
Causeway Bay

简离在时代广场第一次遇见宋别

2017.12.24

Lawrence在时代广场第一次遇见简离

港岛
Hong Kong Island

【水梦空劳，情
无了，路迢迢。】
【想起那拆鸳鸯
离魂惨 隔云山
柏思否 会期难
倩人寄 将撇桃花
到今日情丝割断】
芳草天涯】
【俺曾见金陵玉殿莺鸯暗
晓
秦淮水榭花开早
谁知道倾
眼看他起朱楼
眼看他宴宾客
眼看他楼塌了
这青苔碧瓦堆
俺曾睡风流觉
将五十年兴亡看饱
残山梦最真
旧境丢难掉
不信这舆图换稿】

夸我们的，都是琐碎

第四篇
离亭别宴（POV：简离）

> 击垮我们的，都是琐碎。

"简离老师候场辛苦了，喝口水休息吧。"

"好嘞，没事。"她提起戏服的裙角，坐到大化妆镜前，顺手掏出粉饼补妆，抹在脸上的那刻，望着镜子里的自己，忽然想起第一次演出。

那时她刚转行花旦，还在剧团任B角，基本轮不到上台。但领导照顾，外地演出都带上她一起，而且虽然每次她总要求自费，到最后也就算了。"说不定哪天A角出状况，还要你救场嘞。"团长总这么说。

说不焦虑也是骗人的。因为天生嗓音不占优势，她苦练水袖功，靠着姣好的面容和体态，也算有一席之地。但要说成名成角，差得可就远了。好在她也不在乎。主要是叛逆期蔓延，在老家的小镇待太久，跟父母相处几乎喘不过气来，满心想着如何逃离，每年一届的香港交流团，是她最大的喘息。

香港的公众场地寸土寸金，他们团一开始没有申请到独立演出的资金，借由某位研究戏曲的教授牵线，先跟高校的文化研究中心建立了联系，因此表演也是在大学课堂上的示范场次。那老教授颇有些名气，每次讲座都能招来好多听者，有些看起来还是外校来的，男女老少，将大礼堂的阶梯教室填得密密麻麻。讲到某一折戏，教授介绍几个团员出来台上做示范，轻易便博得满堂喝彩。许多闪动的目光四散投射，让台下她亦心生羡慕。难怪说文科学者来这儿做研究的氛围土壤特别好。

真是个好地方啊，那时她想。如此重视文化，尊重艺术，对世界充满探究 —— 那些新奇的眼神打量自己，就跟她打量对方的时候一样。

后来知道，其实也并非都如此。待到团长与校外演出场所联系，对接各种商务事宜，才发现观众根本没有想象的多。"你们有把握卖出多少票？""有没有赞助商？赞助的金额是多少？"这些问题摆出来的时候，他们才意识到，原来大约半个香港的戏曲爱好者都去了那场示范演出。

这些只是偶尔听领导说起，并非简离所真正操心的。对她而言，观察天空和高楼、商铺和人流这些家乡看不到的风景，才更有意思。

第一次步下飞机，正好目睹这座浮城的落日黄昏：天边只有一缕幽蓝，其他则是大片大片的粉紫、灰蒙和金光闪闪交织，宛如毫不怜惜的金漆银装。她张大口，呆愣愣抬头看天，难以置信自己的双眼，走神到步子踩空，差点从舷梯滚下去。这城市不仅有高楼，还有幻境？

"强台风'天兔'逐步移近香港，已于内地汕尾附近沿岸登陆，预计将在今晚稍后至23日凌晨时分往香港以北约100公里掠过，令全城处于戒备。"机场大巴上，广播如是说道。再转头望望天边的辉煌，这才明白是台风过境之前的奇特景象。仿佛宿命一般，一语成谶。

"简离老师，又有人送花来，这次叫……谢先生！"化妆室的门被推开，负责场务的小张捧着一大束鲜花进来。她点点头示意摆在旁边。小张放下花，摆弄了一下花束里的留言条，出去前调笑一句："这次演出场次不多，花收得倒不少啊！"

她听了若有所思，放下手中的粉底刷，叹口气。对于戏曲演员来讲，收到台上和幕后送花是很寻常的事，但曾经身为B角，连上台都没有机会，更别提送花了。直到遇见宋先生。

他们的相遇是在香港最繁华的商业地带铜锣湾，灯光闪烁，人头攒动，长长的购物电梯仿佛从地面直伸到天际 —— 他戴着灰色的套头围脖，从电梯口下来，而她踩着平底棉布鞋刚要上去，就这么撞到一起。

本来，在700多万人口的城市里，撞见一个人实在是不足挂齿的小事。但难得在于对方道歉的口音如此柔绵亲切，彼时她到港多日，听了满耳朵干涩的粤语，这惊喜便更显珍贵。他乡遇故知，喝一杯吧。谈话中得知，对方跟她一样也是游客，刚来香港不久，还找了个本地的地陪。跟她又不一样，他对这座城市的美景似乎提不起什么兴趣。

"刚坐电车绕港岛一圈，金钟地铁站外的建筑群挂上圣诞灯饰，似乎还有城市题材的光雕影展，看起来好漂亮啊！像在港剧里一样。"她兴致很高，大耳环直晃。

"噢，是嘛。"宋别附和敷衍。

"是呀！听说落雨时分坐叮叮车别有风味，你见过吗？"不知道从哪里看来的旅游指南，简离说得激动。

"还可以吧，没见过。"

她转过身来，露出疑惑："这么美的风景，为什么听起来你没兴趣呢？"

宋先生答了句她当时没有听懂的话："有人说，所有的metropolis都差不多。"

"谁说的？"

像被惊了一下，对方猛然从游离中回魂，扯了扯嘴角："没什么。"

虽然没懂，但她隐约感受到背后的故事："这么说，你见过很多？"

宋先生斜靠着吧台，眼神再度游离出去："人很多，但都看不到。声音很大，但都听不见。有人说，当你敢独自走过维港汹涌的人群，就算拥有了强大的心，尤其在圣诞节这样盛大而又寂寞的盛典。"

她歪了歪脑袋："这么矫情的话吗？"

宋先生自嘲地笑："矫情吗？呵呵，好吧。"

"可是这里多热闹，跟咱们家乡小镇完全不同，好像每一刻都不会空虚呢！"

"外物不能填满心空，只会更空。你知道吗，其实我在这里念书四年，但那段记忆太苦太痛，如今想来，竟然全都忘了……怎么就能忘记？"

"什么苦痛？"

"兄弟背叛，抢走追了许久的女生，加入的社团排挤，考研失利，实习公司老板都是衰仔，本地人歧视，同乡也看不起……说出来也没什么大事，全是些琐碎。"

"我能明白，击垮我们的，都是琐碎。我在团里是连名字都不能写上海报的B角，来港多次，从来没有机会上台。要比惨，每个人都有惨的地方。"

"不，大约只因为我是loser吧。不上不下，永远卡在中间。"

她沉默了，答不上来。她既没有在这里待过四年，亦不懂metropolis的含义，只感到一股汹涌的压力席卷而来，仿佛回到老家父母身边那令人窒息的催婚现场：你说你的，我说我的，这种沟通完全是无效。对方见此也不再继续说下去，只是举起酒杯："简离小姐，敬你一杯。明日隔山岳，世事两茫茫。"

"知道我为什么叫简离吗？离别，原本是简单的事 —— 海 —— 内存 — 知 — 己 —— ，天 —— 涯若 — 比 — 邻 —— 。"她拈起戏腔，试图打破冷冰的气氛。

"只有不谙世事又不切实际的，才会一味乐观吧……"宋先生苦笑着摇头，忽而又意识到什么，一口干了酒，"酒后胡话，莫当真。"

她愣住一秒钟 —— 在那一秒里恶狠狠咬紧牙齿，被人戳穿的那种崩溃，但很快恢复如常，礼节性地从包中掏出一张票根，邀请他观看示范演出，然后起身打算离去。对方忽然在身后喊她："需不需要送您回去？"

"放心，来之前就查好了通宵小巴。每次我都是一个人逛的。"

回头，却见宋先生站在酒吧昏暗的灯色阑珊下，黯然垂首低语："都是一个人……吗?"

都是一个人的。同行的团友多有演出任务，在港的日子里需要排练，间隙还得陪着文化中心的领导参加饭局。唯独简离从没上台，不用准备什么也没人约她，倒落得清闲，常独自偷溜去市区逛街。

高高的坡道，分成一边阶梯、一边无障碍轮椅通道，台阶尺寸刚好够几个人坐着倾谈，旁边还有绿植生长。桥下空间，流浪者用废纸壳和报纸做成小小的家。十字路口除了四条常规的人行道，中央多出了两条交叉对角线作为人行过道线……她踏着小步，一路逛一路看，落进眼底，似也融入身体。在她出生的古镇，除却石板路和石板桥蜿蜒不尽，是断没有这些巧思。及至回了家乡再看景观就不免觉得寡淡，天也寡淡，水泥地也寡淡，连街边小店铺的广告牌都是那么俗气的字体和配色。

最令人惊异的，那晚她逛得晚了，索性在铜锣湾开间小酒店尝尝鲜，哪知这一次就大开眼界，见识到人类的房间究竟可以有多小 —— 你明白只能一面下床的含义吗? 意味着床的三面都贴墙，睡醒一起身就可能撞到天花板。即便如此，设施竟一应俱全，所有用品都放在围绕墙面打进去的储物柜上，躺在床上一伸手即可拿到，无愧"胶囊旅馆"的名号。那夜她快要呼吸不过来，近乎没有喘息的桎梏感，睁大一双眼，想着原来这便是香港。

走走停停，也把这些念想记录下来。其实她原本在戏曲学院的专业是编剧，师傅说她有个毛病，创作单凭一股子心气，而非持续性的观察。"如果心中有最深的焦虑，就要以最大的淡然来应对。"师傅这么说。但到后来，她只是学会伪装。

"这样不行。"师傅也是从小看她长大的，干脆建议她从编剧改行演员，先在剧中体验人间百态，从内里打开自己。她也觉得写作总是消耗，需要养料补充，这个主意倒不坏，便直接在团内跳转职务。因为小时候练过花旦的童子功，费些力气重新捡起来，跟专业的比不了嗓子，练练身段还算过得去。

虽然暂时换了行当，写作的习惯并没有丢。所以每到一个新地方，她总会搜查景点资料，抄些游记心得，有时候还哼哼两句。那夜从兰桂坊的酒吧回来已是深夜，她打开电脑，凭记忆拼了半天，凑出"metropolis"这个词：指大都会，大城市，主要都市，重要中心。

所有的metropolis都差不多。这又是什么意思呢？只去过几个城市的简离感到困惑，打算次日再问。

然而次日没有寻着机会。宋先生倒来了，衣冠楚楚，还识趣地手捧一束鲜花，在后台的她惊喜到不敢相认。更惊喜的是，那日Ａ角历史性地生病了，成为她第一次在港登台的契机！

"阿离，发什么愣呢！"从记忆里回神，简离见到团长正站在化妆室明晃晃的灯光底下，用力拍她的肩。

她再次拿起化妆包，换了支黑棕色的眼线笔开始涂抹："没什么，默念台词。"

"哟，你还需要默词？都演多少遍了啊你说！"团长调笑着打哈哈。这并非原来的团长，而是原团长身边的办公室主任，以往跑前跑后的狗腿，如今一朝天子一朝臣，但见新人换旧人。见简离不接话，他讨了个没趣，咳几声换了语气："今晚洪老板设宴，点名要你来陪，听到了吧。"

简离冷笑一声，对着镜子把眼皮翻起来，开始画下眼线。团长自觉尴尬，重重推门出去了，半晌又大踏步回来："不准再中途溜号，没有洪老板就没有咱们团明年的演出。别以为嫁给老张就有了靠山!"她手一抖,眼线笔歪了出去,顺着眼睑飞出一道怪异的黑线。

翻找湿巾擦拭的时候,她感到自己的心也在颤抖。登台亮相,意味着接受万千瞩目,也意味着更多的工作接踵而来。那日首次演出之后,她便知道了。

接过宋先生递来的鲜花,简离犹带戏妆的脸上飞起两片红霞:"谢谢捧场。你真是我的福星,一来我就有机会上台了。好看吗?"

"听到乡音,仿佛就回到故乡。"宋先生眼里流露出前一夜没有的灵光,口中不忘称赞,"尤其是你的舞袖,非常美!"

她不免志得意满,抿住嘴角地笑,毕竟是第一次,往后许多年频繁的舞台生涯里,再没有过这样的满足感:"过奖了,喜欢就好。那今晚⋯⋯"

没等说完,老团长的声音从幕后远远传来:"简离,今晚聚餐你一起来!"

"我⋯⋯"她看看宋先生,犹疑地道,"我就不去了吧?"

"今天你演得好,院长特意吩咐的! 一定要来!"

那吼声震天,大概用了真气,穿过几层帘幕

仍有回音，似在延长这段尴尬。最后还是宋先生安慰："没关系，你先去忙，回头再联系。"

晚宴设在鼎鼎有名的"海上龙宫"珍宝海鲜舫上。这艘模仿古时候接待达官显贵的水上"歌堂船"巨舷，与太白海鲜舫和数艘辅助船一同组成珍宝王宫海上食府，有世界上最大的海上食府之称。内里亦装潢成传统皇宫般雕栏玉柱，龙头林立，金黄色吊灯打出的色泽处处彰显着东方富贵气息，成为外国游客必去景点，连英女王也曾到访。流水般的海鲜上桌，流水般的白酒下肚，在七吆八喝声的觥筹交错中，她假笑得脸皮都酸了。不知是海鲜的腥熏还是白酒的醉意，不过一会儿，她就撑不住，头开始剧烈作痛。

人群仍在兴高采烈："再喝一杯再喝一杯！今天可是简离小姐的首秀，大家都得好好庆祝！"

"干喝有什么意思？再来一段吧！"

"院长说得是！快，简离现场给我们唱一段助助兴！"

啊？彼时她没怎么经过这样的场合，一被叫到，哪敢不强撑着桌子站起。此时一个浪头席卷，漂浮在海湾上的巨型龙宫打了个晃，大船震荡不已，她胃里本就翻腾，这一晃，忍不住干呕一声，差点当场吐出来。酒桌上座是清一色的中年男士，眯着眼等候看她笑话，下座有几位剧团的演员，面露不忍但也没有出声，后来的团长——现在只是个跑腿的，坐在最下位，带着玩味的眼神看着这一切。

她咬牙，赌气一般开了口："立 — 志 — 守 — 节 — ，岂 — 在 — 温 — 饱 — 。忍 — 寒 — 饥 — 。决不下这 — 翠 — 楼 — ……"[1]没唱到一半，喝了太多酒的嗓子就堵住了。早已不是香君，哪能不下翠楼。

终于有人看不下去："够了，何必为难这位女士？"众人循声望去，是谁这么不懂场面？原来邻桌一个西装领带的金融才俊站了起来，瘦高个，清秀的脸上架着一副黑框眼镜，胸口井然的领带似乎在彰显绅士风范。

主座上的院长清清嗓："Lawrence你刚从美国回来，不懂东方的规矩。这不叫为难，大家凑兴，是在给她表现机会。"接着压低声音跟邻座解释道："他父亲给我们学院捐了不少款。"上座几人心领神会，交换了然的眼神。

"哼。"那Lawrence年纪轻轻脾气倒大，傲然盯着院长，"东方的规矩，西方的规矩，都是人的规矩！你们给她机会，也要问问她愿不愿意！"

"愿意愿意！她愿意的！"一旁团长忙圆场答道，说完又想起什么，朝简离讨好地示意，"你愿意吗？"

简离这才回过神，一股邪气上来，她站直身子微微仰头："今天演出太累，这船有点晃，抱歉我不舒服先告退了。"终究话还得说体面。

就在她无视众人反应、径直离席的时候，方才为她出头的年轻男人连招呼都没打一句便走了过来："我送你。"

"不用了。"她试图拒绝，但对方却不像客气，步子坚决，誓要将英雄救美有始有终，而院长他们也因此有些忌惮，便就从了。

下船踏上地面，亮着金色光辉的大槎屹立在避风塘，倒影在海夜中摇曳生辉，却又始终不太安稳的样子，像这繁华盛世。海风一吹，人清醒了许多。简离给宋先生发了个讯息，至于身边的Lawrence，虽没什么兴致聊天，但对方毕竟是救场恩人，亦步亦趋跟得紧，当然不好拒绝，于是随意客套："你从外国过来的？怎么会听这老掉牙的东西。"

对方绅士地笑："学院邀请我father出席，他今晚没空，我就代他来了。在美国大都市待久了，我很愿意欣赏这里古典主义的美感，虽然慢，但有味道。"

她下意识看了眼手机："有人说过，metropolis都差不多。"

Lawrence挑挑眉："谁说的？有点意思。是啊，都市病哪里都有。我从小到大都在不同的metropolis，家教严格，上学和工作都有人安排好，真是太烦。我father最中意王家卫的老电影，缓慢的节奏，戏曲也很像！"

这份滔滔不绝简离答不上来，干笑了两声掩饰尴尬。听对方说起家世，她倒想到自己。外祖父曾是参与创建戏团的首任团长，后来母亲也在团里做个小中层干部，一家子都在大院里长起来。待到她出生，戏团已不复旧日兴盛，大家也各自住进了楼房，交道逐渐浅了。后来外祖父去世，母亲退休，团里人员换了又换，曾经熟悉的老人们也退出舞台，唯一有点关联的就是如今这老团长了 —— 据说当年还是外祖父招他进团，连政审都是亲自去到他县里的老家。所以团长平时对简离还算照顾，即便没什么贡献也不苛刻，包括转换职业、申请加入演出团等，一应开绿灯。只不过像今天这种场合，他是身不由己的，就是叫他自己唱一段，也得立马粉墨登场。

也因为这样的原因，简离从小看惯了最有名的腕儿都要领导管，所以反而厌恶这一套，投身专业行当。只是始终轻浮在空中，不禁想起宋先生的话：既不上也不下，似乎是一种常态了。

"今天看美女的演出十分激动，没想到有荣幸一起吃饭。"那厢Lawrence还在半真半假地跟她搭讪，"我这人有个毛病，见到美女就不知道该说什么。"

"谢谢。"她有些不自在，又看了看手机。一直没有回复。

"刚才那句词唱得情意绵绵，真情动人！我都快听哭了。"

"那不是真情动人。"简离冷冷回道，"是以死明志。"

"什么意思？"

"妓女不下青楼。"见对方的彬彬得体被打出一道尴尬的裂缝，她终于狡黠地展颜，"李香君是出了名的秦淮八艳，你不会不知道吧？"

Lawrence闻言却转头望向简离，明显会错了意，双目炯炯射出精光："美女今晚有空喝酒吗？"

简离哑然，想起前一晚跟宋先生聊天，她这才体味到虽然并非所有沟通都有成效，但起码有些还算在同一个频道上，而另一些，痴人说梦罢了。她再开口，是一句戏腔："痴虫啊痴虫！偏是这点花月情根，就割他不断么？"[1]

对方愣了一愣："什么？"

"没什么，戏本上的唱词。"

Lawrence脸上再度露出怪神情，双手做作地轻拍："厉害啊，简离小姐。如果没有你，剧团可怎么转？"

简离不带感情地笑笑，决定再科普两句："你知道香君故事的高潮是什么吗？为了反抗被官府老爷抢亲纳妾的命运，不惜撞柱血溅。"

Lawrence脸色霎时低沉，还没来得及接话，手机铃声响起，简离连忙查看，却不是宋先生打来，而是一个陌生的号码。她接通电话很快听完，眉间蹙起哀愁："是香港警察，说我昨天见到的一位朋友在维港落海出意外，我得赶去看看。"说完转身要走。

Lawrence拉住她的胳膊："拒绝就拒绝吧，你这理由编得太离谱了！"

"对不起，这是事实。"她抽出手臂，挥了挥，"再会。"

"简离老师，该你上场了！"

"来了。"她应道，补完最后的腮红，提裙踏起小步来到台侧帘幕后面候场。逆着冷光，她看见台下有人在抹泪。座下谁人泣最多？那晚在维港边看到宋先生尸体的时候，她也有这样的疑问。

打车赶到海边掏光了简离的钱包，下车见事故场地已被围起来，外三层里三层，她心跳得飞快，慌慌张张往里闯。身穿制服的警察走过来："我们查看死者坠海前落下的手机，最近一条讯息是你发来的。你是死者的亲属吗？"

她摇了摇头，瞟一眼地上的尸体，被白布盖住看不清，除了丢在旁边沾满海水的灰色套头围脖表明了主人身份。该怎么说，才能解释清楚其实自己与宋先生是仅仅两面之缘的陌生人，却成了对方死后第一个能联络上的认领者？

警察在册子上飞快地记录，继续问道："那你是否知道他由于什么原因落海？失足、自杀还是他杀？"

她再度哑然，拼命回忆跟宋先生的两次对话。

他说过什么呢？好像酒吧里一群年轻人嬉闹着掷飞镖，他却说："我不明白他们在笑什么。"

简离转头望望四周，围拢而来的人群拿着手机嘻嘻哈哈，俨然打卡景点，无一人面露悲伤。也有几人长吁短叹，是在哀香港的年轻人不争 —— 并不清楚死者的具体身份。这使她深切感受到哀伤也是需要氛围的，这里实在没有老家治丧那种众声哀号的气氛，搞得她虽然眼睛湿湿，但总是将哭未哭，噎在嗓子眼。

看到陌生人的生命消逝，《桃花扇》里是怎么处理的？她脑子突然空了，回忆不起来，只得再度摇头，用劲眨眼，发挥演技抹出两行眼泪，算是对这段萍水相逢的交代。

问不出所以然，警察叫简离签了个字，让她走了，说会继续联系手机通讯录里的其他人，有消息通知。于是她幽魂般孤身游荡过海港，风景也不复往日生动。曾经她从电视和留声机里认识香江，觉着这里就是乌托邦、理想国，但待到真的踏上此间，才发现不是那么回事。风把惘然吹来，高楼之下的城市燃起灯火，如梦似幻飘浮半空。红砖花岗的钟楼响起钟声，人群跟着高喊："五！四！三！二！一！"原来今晚竟是平安夜。如此不平安的平安夜。就像她答应老张求婚那天一样。

老张原是同乡，出去外地经商几年，带回来的除了日渐肿胀的啤酒肚，据说还有日渐肿胀的钱包，不知怎么看了她的几场戏，就开始疯狂追求。父母这下高兴了，想着法子地劝："你的演员行当吃青春饭，过了年纪可没有机会了！"她不服："我要做的是编剧，过几年就换过来。""那先解决经济问题，没有了后顾之忧更好创作啊。"

她无语，只得逃去师傅家里避风头。师傅是外祖父那辈人，凡事倒看得开："必得先历经万不得已的苦痛、愤懑，方是词心。"

"这是什么意思？师傅你也劝我妥协吗？"

"什么是妥协？你要坚持的又是什么？"

她被问蒙了，只得躲进房间里闭耳不听，闭口不答。直到两年后，师傅因肺部感染突然去世，就连最后的支柱也没了。病来如山倒，人去楼已空，她在眼泪中终于点头答应老张。

走到临风处，迎面望向摇曳的海港，世界坠进一片黑暗。人群的欢笑声从远方传来，像某种哀歌。都市病哪里都有。她也终于染病了吗？像是身处黑洞之中，无法进入也无法离开。

《桃花扇》中，当年人称"南曲天下第一"的苏昆生在南明灭亡后重游南京，睁着五旬老眼，看了四代人：当年粉黛，何处笙箫？青苔碧瓦堆，处处话凄凉。最后仍觉着残山梦最真，旧境丢难掉，不信这舆图换稿！

以前，吟游诗人奏起荒腔走板的丝竹，游走四野，对日颂唱，记录人间千情百状。后来，他们化身为流浪歌手或乐工戏女，藏入人群掩饰真容。"'闲逛者'与普通大众相比是如此不同。他们以'闲逛'的姿态在审视都市的发展，用审美的目光窥探城市的秘密，从而把城市当作一个可供解读的对象。"这是她曾经抄过的一段话，能够答得上师傅当年所问的坚持吗？真后悔当时没有鼓起勇气，在师傅的病榻前吐露最后一句。如今隐在后台帘幕处的简离，突然想起那日宋先生离去前的话："我很喜欢结尾那支曲子。"

她想了想："噢，你说《离亭宴》。"

"好凄凉的名字。"宋思文若有所思，断断续续念出了唱词，"金陵玉殿莺啼晓，秦淮水榭花开早，谁知道容易冰消……"[1]

台上人影绰绰，该她上场了。这一场离亭宴，终于来到尾声。

1 孔尚任：桃花扇。

港 吟光 著 漂
The Memory Puzzles of Hong Kong Drifters
记忆拼图
第五篇　造心记

中国美术学院
China Academy of Art
创新设计学院
SCHOOL OF DESIGN&INNOVATION

小组成员：罗习羽　李 欢　王飞燕
艺术指导：端木琦　王志鹏　程 斌　项建恒

- 铜锣湾商圈
- 旺角商圈
- 消逝的场景
- 住宅会所
- 兰桂坊
- 海边码头
- ……

0　对阿Ray梦境的叙述，亦是对未来的预言。　　痛苦之下挖去了自己的心脏，选择成为没有心的人。

1　简要介绍阿Ray。包括工作，人际，性格。　　身兼多职，一名为钱财奔波劳碌的"下等人"。女友Emily，兄弟Lawrence。幼年丧父，弟弟被谢先生领养过上"上等人"的生活。

2　揭示人物间矛盾，引出"珀斯休曼"设定。　　与Lawrence因生活环境和习惯发生争吵后遇到谢先生，揭露他的身世之谜以及"珀斯休曼"与造心术的秘密。

3　描写阿Ray心理变化。　　得知造心之密后，阿Ray胸中百感难以抒发，与Lawrence矛盾激化，忆起与女友的曾经，在得知宋思文死讯后将情绪推向高潮。

4　剧情重要节点。　　得知谢先生解救后深入了解珀斯休曼，决定学习造心术。收到Lawrence与Emily的亲密照后情绪更为气氛，势要与之做个了断。

5　人物境遇的转折点，章节高潮。　　与Lawrence和Emily发生争吵，决定对二人实施造心之术，却进入幻境痛彻心声被迫自拔。直到谢先生前来，才意识到自己将两人杀害。

6　剧情反转，引发猜想。　　暗喻谢先生与Lawrence谈话，揭露谢先生并未告诉阿Ray真相，只是想利用他的性格缺陷和身体特质造成自己的目的。

第五篇
造心记（POV：阿Ray——上）

> 你们现在是有心的人了，也是有病的人了！

"你以为这样可以得到我的心？"

"你没有心。我知怎样都得不到你的心，因你没有。但你得到了我的心，知道为什么？因为你没有心。没心，事情就成了。"他起身，来到那台巨型机器前，"今天我就在这儿挖出自己的心。"

她闻言略有震动，但也就耸耸肩："挖就挖吧，抓我来做什么？难道把挖出的心塞给我咽下，就会爱你吗？"

机器发出轰鸣巨响，齿轮由慢到快运转起来。烟尘漫天中他回转身，露出悲伤的眼眸："不做什么。做什么都没用，你没有心。"黄沙弥漫的时候，他整个人卷上半空，胸腔里那颗心脏被慢慢挖了出来，在这遗落之城的荒野深处溅起血肉模糊——脓水流泻，静脉与瓣膜的汁渣纠缠，像是爆开的肿瘤。

"你变态吗！"看见这一景象她终于不淡定了，对天空中的人儿嘶吼。

"拜你所赐。"

时光迅速回转，她记起童年——当自己还有心的时候。

1

他心里有一团火。

惊醒，趴在冰凉的桌面上。又是支离碎梦。他爬起身，揉了揉发酸的脸颊。

入夜已深，地铁站人流渐稀少。明晃晃大灯底下，阿Ray的工作刚刚开始。坐在问询台中央，正如位于城市圆心，一句话的触碰便可打开一片域界：

"坚尼地城怎么去?"

"黄大仙这里出吗?"

"最晚的过境关口在哪儿?"

"地铁站几点关门!"

……

来往游客问着琐碎问题，像暴雨急促打在屋顶砸来。但不论忙到多晚、多累，也不管旅客语气多凶、多急，他一向耐心为对方答疑，是最受好评和最尽职的服务人员。

手机在桌上亮起，阿Ray一把捞过，屏幕闪烁出母亲的讯息："你弟返香港了，明晚回家食饭。"

然而这句充满温情的话，却让他眉头紧紧皱起。

几个小时前，阿Ray正以导游身份接待游

客 —— 夜间在地铁咨询台，白天休息还要兼职导览接客，周末再开跨境货车赚外快，像个拼命运转的陀螺。好在今天客人算得上随和，没什么要求，不赶景点也不听讲解，一副心事重重的样子，动不动就走神。但糟的是，因为这份走神，不似普通游客披荆斩棘疯狂购物，让他很难达成消费任务。

电话响起，是女友 Emily。

按掉不接 —— 工作时间不应分心 —— 阿 Ray 道歉，继续带客人逛去："港岛最有特色的活动，模仿纽约时代广场在除夕夜倒数庆祝……"从时代广场长长的扶手电梯往下降，路过琳琅满目的店铺和闪闪发亮的商品，阿 Ray 滔滔说着。那客人不耐烦地瞟了一眼头顶挂的大钟，脸上泛出怪异神色，正巧此刻拥过一批喧闹人群，不留神差点被挤倒 —— 阿 Ray 赶紧上前扶住。

没钱就算了，装什么装？阿 Ray 心里虽这么想，面上还挂着职业的微笑。

就在此刻，电话铃声又一次如潮浪袭来，这回势头更凶，按掉还响，按掉还响，仿佛吹起战斗号角那般笃定不移，吵到几要刺穿耳膜，引得客人频频看来。阿 Ray 如坐针毡，无奈只好按下接听。果然是 Emily 又喊他去大卖场。客人听闻，倒是释然拍他:"没事,你先回吧。"

人家通情达理,并不是逃脱理由,阿Ray气喘吁吁赶到铜锣湾广场最顶层的大卖场,穿过拥挤人群找到女友时,他还在这样想着。

"又迟到?"Emily大约等得久了,劈头就是埋怨。

虽然他也憋一肚子火,但按下性子道歉:"今晚工作陪客人,对唔住啊。"短裙女孩不接话,转头扎进扫货人流中。阿Ray跟上来想揽她的手,被一把甩开。

"你睇呢个包,点样?"在他愣神的工夫,Emily已经走到下一个摊位。阿Ray忙上前,那是个看起来质地很好的真皮名包,还印着品牌经典的LOGO,在商场的射灯下熠熠生辉。他哼哼地敷衍,趁对方没注意悄悄翻了翻挂在包带的价格标签,然后迅速放回,装作若无其事:"仲可以……颜色唔好,衬不起你啊。"

谁料Emily此刻偏偏跟他作对,嘟起嘴坚持:"我觉得好靓!我中意!"

"中意就好……"阿Ray转眼左右张望,"不如再逛多吓?"

Emily咬住下唇,瞪着他不说话,也不挪步,阿Ray只得满脸讨好："可能仲有……"

"就要呢个，俾我装起！"Emily不知哪根神经又被触动，扭头就跟店员大喊。阿Ray尴尬立在那里，见店员过来，只好作势翻出钱包——好在Emily抢先掏出自己的信用卡，迅速付了款，他才暗中舒一口气。堆起笑容正准备安慰女友，谁知Emily再不理他的招呼，挎上新包，蹬起高跟鞋转头离去。阿Ray见状赶紧追出，在人群中呼唤："Emily！Emily！"听到男友在后面喊叫，那女子脚下顿了两秒，回头竟露出黯然不忍的神色。

然而就像一闪而过的烟火，疾徐湮灭，很快她便回过身继续走了，被一波一波汹涌的人群隔开身影。他无助地四顾，目光落到柜台那价位惊人的包上。阿Ray不懂，这到底有什么吸引，能叫Emily如此痴迷，非要得到才肯开心？恍惚中，他眼见那个名牌包变得愈来愈大愈来愈大，大到横在天际，可以把他整个人装进包底——而自己渺小到不及包链的一丁纽扣，踮起脚，都够不到边际。他拼命喘气，几乎呼吸不来。

临走前Emily丢下的话在耳边盘旋："是不是男人？不如你弟弟Lawrence大方！"

"请问过海巴士在哪儿坐？"地铁站路人的询问让他回神，脸上重新堆起机械笑意："这个时间已经停运。"

"××！那我怎么回去？××××！"旅客高声诅咒几句，踢一脚栏杆，走远了。对方身影越来越渺小，骂骂咧咧的声音却在阿Ray心中越来越响亮，仿佛是谁举起喇叭朝自己高声嘶喊，耳膜疼痛欲裂。

阿Ray叹一口气，从咨询台的抽屉掏出账本，上面密密麻麻记满每一笔收入与开支。在其中，刚刚支出一笔巨大数额 —— 大到占用两个月工资 —— 原来他已为Emily买好名牌包，只等做圣诞惊喜，因此今晚不愿再买。

虽然有些误会，但阿Ray想象Emily收礼物时的高兴模样，不禁嘴角上扬，心情终于舒缓。他拿起手机，联系Emily询问去向。虽然刚吵架，但阿Ray知道女友还要参加公司宴会，恐怕玩到很迟，实在放心不下。

"Lawrence已经送我返OK（屋企）。"

Emily和他们家同住公屋，算是对门对户，两家都很相熟。然而Lawrence如今极少回港，连家人都不见了，难道还赶着见邻居？简单的一条回信，却叫阿Ray心中警钟大鸣 —— 她怎么又去见Lawrence？Lawrence刚回来就找她？

他正思前想后，忽而手机又亮，居然是Lawrence养父谢先生发来讯息。这个夜晚，注定不让人宁静！

他真恨不得没有这个弟弟。其实，也跟没有一样。

二十多年前，阿Ray的父亲曾是维港码头搬运工人，夜晚混迹于旺角的街巷深处 —— 那花花绿绿的闪光屏、交叉相绕的天线和落魄流浪汉聚集的黑暗之地。

"混黑社会嘅衰佬！"小时候，总听外祖母这样骂。香港暴雨天多，男人不归，家中只有母亲、外祖母和他，雷声轰鸣打得窗户作响，玻璃像是随时会裂开，祖孙三人彼此抱紧，瑟瑟相依。每当这种时候，做保洁的母亲只能抽出袖口偷偷抹泪，甚至不敢打电话催促丈夫。外祖母不愿让女儿为难，见此只得愤而不提了。懵懂的阿Ray从母亲怀里探出头，伸出小手拍拍母亲示慰。

这幅场景，构成了阿Ray童年心中对父亲的印象。直到大约他五六岁的时候，Lawrence来了。

那时母亲从家中消失一段时间，再出现便跟父亲一起抱来弟弟。外祖母问东问西也敲不出所以然，加上 Lawrence 着实粉嫩可爱，一家人慢慢接受了。本以为这能让父亲收心顾家。开始确实如此，可惜没多久，他老毛病重犯又去跑街巷……直到半年后，一次旺角火灾，深夜驻留的父亲没能逃脱，在烈焰熊熊当中不幸遇难身亡。

江海日远，烟波渺渺。

从此以后，仿佛某种噩讯带来的征兆，他时常觉得心头燃起一团火。

那时候他还不算懂事，加上跟父亲一向疏远，谈不上有多哀痛。对葬礼最深的印象，除了满屋的黑白绸布、母亲流不尽的眼泪，便是父亲的远方老友、台湾政客谢先生前来追悼。

谢先生西装笔挺，头油涂得锃亮，左手挽着夫人，右手持一根手杖，走到遗像前深鞠三个躬，而后抹一抹眼角，哀切中仪态不失，移步母亲身前，递过来一沓厚厚帛金，声音低沉稳健："夫人深切悼念，节哀顺变!"——整个流程极有规范，令年幼的阿 Ray 几乎看呆了。

母亲早已哭到脱力，接过钱，只虚弱地点一点头回礼。

不料谢先生并未就此离去，从怀中取出一封旧信，再次递予母亲："我与尊夫是多年好友，他曾寄信，嘱托若有意外，托我照顾孤儿。"

母亲猛然抬起头，浑身发抖，双眸炯炯发寒，似要将来人瞪穿。谢先生继续有条不紊地道："相信夫人定会竭尽心力抚养遗孤，但毕竟两个孩子供养压力不轻。请您考虑，遵从亡者遗言，交由我照看一位。不如就小儿子吧，您看怎么样？"

瞪着对方咬牙许久，母亲终于无力垂下头，几颗泪珠落到遗书之上。

于是年纪较大的哥哥阿 Ray 留在母亲身边，克勤克俭地长大，上了个本地职业学校，一毕业就出来打工养家 —— 母亲老了，不能再做力气活，外祖母更是卧床不起，连大小便都要人照顾，阿 Ray 下班还得回家做护工。

当年尚在襁褓的弟弟 Lawrence 则交给谢先生和谢夫人抚养，辗转送去北美留学，念了本科又念硕士，又是钢琴又是高尔夫，被教得教养极高，还跟谢先生一样出手阔绰 —— 毕竟名校毕业，流利英文，在哪儿都衣食不愁。依照当年领养协定，Lawrence 成年后每年一次回港见生母和兄弟。然而这样的聚会，却让几人都不愉快，所以回来并不多。

　　谢先生发消息找我干什么？肯定是找
Lawrence！同人唔同命，同遮唔同柄，人家已成
精英，岂是我们这种人能比。阿Ray如此想着，重
重摔开手机。

　　深夜两点钟，结束营业的广播循环放了几遍，
电闸拉下，地铁站陷入一片黑暗。

次日阿Ray陪完客人，回到郊区的公屋住处，果然见到亲生弟弟Lawrence一身西装皮鞋，似乎极为委屈地坐在客厅小沙发上，怎么都找不着舒服姿势，口上还不忘指点江山："Mum，Ray不是上班拿工资了吗，你们怎么还住公屋？"

当年父亲没留下什么像样的遗产，一家人全靠谢先生资助。但阿Ray要上学、外祖母又要治病，哪好意思伸手管人家要那么多，最后只得卖了房子，申请政府的廉租房度日。

"Ray仔揾钱补贴家用，唔够啊。"母亲在厨房忙得热火朝天，阿Ray熟门熟路替她摘下围裙，系到自己身上，接过手头的活。

"不够就去多赚！不是钱多钱少的问题，而是尊严，你们懂吗？拿政府的救济综援住救济屋，不思进取不劳而获，说出去始终低人一等。何必贪小便宜丢了自尊？"

"少爷，赚钱几易吗，外国人都似你天真？"阿Ray陷在油烟熏天中，没好气地说。

"只要有能力那又何难，香港人都像你这么笨？"Lawrence回道。

阿Ray气得冲了出来，高举手中锅铲，仿佛竖起毛的刺猬："你有本事，你来炒菜！"

2

Lawrence 不理他的挑衅，整了整袖口："我一早提议去餐厅，是 mum 非要叫来家里。"

"你 ——"

"冇吵了。弟弟就这个性，好不易返家一趟。"母亲叹口气，把阿 Ray 强行推回厨房。阿 Ray 压了火气，忙活起来。这弟弟个性古怪，冷酷似一台机器，哪有半点人味！不愉快的气氛中，三人勉勉强强上了桌。还未举筷，阿 Ray 的手机屏幕再度亮起 —— 居然又是谢先生讯息。旁边 Lawrence 瞄了一眼，似乎不经意地说："你什么时候跟我 father 这么熟了？"

"赶不及你同我女友熟咯！"阿 Ray 按掉手机，语带不善。

"她贴过来问东问西，我有什么办法？还说了许多对你的抱怨，bro，看来你们相处不算愉快？"

"唔关你事！"

"话不能这么说，你可是我亲哥哥。"Lawrence 绽放出程序化的笑容，叫人心中发寒。阿 Ray 不比弟弟善辩能言，冷笑一声不接话，对方似乎毫无察觉，自顾自继续说下去："就说这个屋子，布置得实在不够美学，几块红桌一片绿布，搞不懂你们配色。再看碗筷，格调太低。先不说公屋的事，毕竟这是家，Ray工作忙但mum空闲……"

"边个话妈得闲，仲要照顾婆婆！"

"为了婆婆更好休养，早说该找护工，这钱我
来出吧。"

"收声！你几时把我哋当作'家'？凭咩指手
画脚！"

Lawrence滞住片刻，并未被激怒，仍是一副
好脾气的模样："正因为我把这里当作'家'，才要
负责任提出观点。我也相信家人之间互相平等，不
论年纪大小都有倡议的权利，你说对吗，bro？"

阿Ray还想再争什么，被母亲拦下，塞过来
一碗面："弟弟都为家好。冇讲了，食饭。"幼子
常年不在身边，难得回来几次，母亲一向护着他，
不论说话做事有多过分！阿Ray愤愤地想，横了
Lawrence一眼，不再发话，埋头大力吸起面。

手机不断亮起，谢先生似乎找得很急。阿Ray
始终不接，心情却被搅得烦躁。"Ray仔手艺又进步
咗了！"母亲试图扒找话题，但两个儿子都不接茬，
一片尴尬的沉寂——沉寂中，阿Ray吸面声音显
得格外响亮。

Lawrence绅士地为母亲夹菜，轮到给阿Ray，
他像忍了很久终究没忍住："用餐不可出声，你知

道这是最基础的餐桌礼仪吗？"

阿 Ray 满嘴都是面条，气到把筷子往桌上一甩："不知！我是下等人！"

"别那么说，相信自己，可以慢慢进步。"Lawrence 用看外星人的眼神看他，语气还是慢条斯理，"You know？ Emily 昨晚跟我倾诉委屈，说有次你陪她听歌剧，中途却睡着了，这便是不懂礼节……"

"收声！痴捻线！"一股羞耻感涌进血液，刺猬的竖毛霎时变作钢针——阿 Ray 直起身大吼，一脚踢翻椅子。

"Ray 你好好讲话！"母亲起身过来拉，而始作俑者 Lawrence 正襟坐在自己位子上，投过来的眼神从惋惜转为同情——阿 Ray 实在装不下去兄友弟恭，心头火焰愈盛，终于决定不再看这几人脸色，恨恨夺门而出了。

天渐渐黑了，失魂落魄的阿 Ray 独自在街头晃悠。

他不怪母亲，失去亲人的苦楚难消，不过疼惜背井离乡的小儿子。他不怪 Emily，女友向来上进，不过想要更好的生活。他也不后悔当年自己留下，总要陪在家人身边，何况那时不清楚谢先生是个什么样人……可他就是按不下心头邪火，不惯那人居高临下又牙尖舌利的姿态，更不明白那人为何无论何时都毫无情绪波动！而自己着实做不到，不如把心挖了来得痛快！

说来说去，还是怪Lawrence！

走到两幢高楼之间的风口，一股冷风席卷，阿Ray被吹到差点摔跤。这鬼地方临海，昼夜温差巨大。到了这时阿Ray才回神，原来恍惚中竟来到旺角。

旺角是老香港最集中的购物地，新楼旧宇汇集，老式摊铺和高级商场糅杂，五颜六色的广告牌悬浮空中。每到周末，路上摆满乱七八糟的售卖摊位、卖唱歌手和拖着行李箱的游客，横街窄巷被人流挤得满满当当，走在中间随时要被压扁。阿Ray此刻站在街巷入口——再往前就是钵兰街一带的红灯区，夜市已开，满墙贴着疤痕一样的小广告，几个应召女郎倚在路边，衣着暴露等待生意。朦胧中他仿佛看到，女人们掏出香水，周身喷了一圈，便有一沓沓钱币掉下来——甭管干不干净，能用就好……

这里明着霓虹闪烁，暗地纳垢藏污，有色情

行业的风月场所，也是黑道帮派的聚集地。这便是父亲生前出没的地方吗？一个小混混从街道对面飘过，投来心怀鬼胎的表情。他莫名想起久远的往事。

自从父亲去世以后，他不愿再来这里。像垃圾一样腐臭，像蟑螂一样蛰伏，自己也是如此吧。北风中有只蟑螂眯起眼，望向灯火通明的高楼——就像铜锣湾大卖场那高耸入云的名牌包，直直升上漆黑天际，望不到顶。

该死，想那些做什么！阿Ray吐了一口唾沫在地，暗发诅咒。

"阿Ray！终于找到你了！"远处传来中年男人的声音。他心上一跳，猛然抬头。前来寻他的，原来是Lawrence的养父谢先生！谢先生几乎跟以前没什么变化，除去头发更白了些，摘下口罩，挂着手杖，彬彬有礼走来，身后一辆豪车停在街巷："我一直在联系你。没收到讯息吗？最后只好用全球定位系统才找到…… 话说回来，你怎么来了这里？"

"找我干什么？你是找Lawrence吧。我不想做传话筒！"阿Ray背过身去。他听说那对父子处得不好，常闹矛盾…… 不过这跟自己有什么相干?

"不，就是找你。我要讲你的身世。数年前，我们领养错了人。"谢先生深深叹气，邀他坐进商务车，点上一根雪茄，开始了叙述。

原来阿Ray父亲不是黑道帮派，而是一位隐蔽的技术人员，数年前发现了基因变异的"珀斯休曼"。

"什么来的?"阿Ray一副见鬼的表情。

"我知道这很难想象，你先别慌，听我说完。大约几十年前，检测到人类体内基因机制产生非预期、不受控制的流动，应是进化过程中的自我修改或突变。这项异化先发生于中国西北戈壁，第一批变异人体受到外星球的异常光波辐射，这些人又四散开来，把变异带到世界各地。知情者将这类变异人称为'珀斯休曼'，形态与常人无异，差别在于没有心，取而代之是一枚控制神经和全身系统的芯片——想让ta成为什么样子、拥有什么记忆，相应程序代码一应执行。变异后的珀斯休曼藏于世界各地的人群，最常去到人口密集、快速发达的城市，导致都市人情淡薄。为了应对，知情的科研人员们组成一支秘密团队，你父亲与我都在其中。"

"什么机构?"阿Ray插了一句。

谢先生面露难色:"参与者大都是高阶人士,只是 …… 此事重大,一旦向外公布,影响难料,而且牵扯到很多复杂的博弈,就连组织内部也分为各种派系 …… 那些日后再说。总而言之,我们先行地下活动,分头研究方案。你父亲带领一个顶尖技术团队,呕心沥血多年,终于发明为珀斯休曼造出一颗真心的法子。而我 …… "

"等等!我爸有顶尖技术?那他怎么一直做工!"

"为了隐瞒身份。"谢先生吸一口雪茄,吐出浓厚的白雾烟圈,"其实他有很多部下 —— 也就是同在旺角的那帮人。我老说,他没必要装得那么真,还亲自去搬货 …… 不过想想,选在码头做工人也好,方便传递信息。"

阿Ray若有所思,谢先生顿了片刻,继续讲下去。

"其实我跟他私交甚好,但关于这件事,意见却是不合。我支持以思想教化的方式改造珀斯休曼。要知道,人类进化了千年,就是凭借代代相传的文化与智慧,实现进化。一切历史即是现代史,怎能丢了传统呢?彼时,我与他在组织里算一时瑜亮吧,我说服不了他,他也说服不了我。于是为了实验成果高下，由我带队前往台湾，教化改造人心；他则将造心科技带回香港，以观后效。

"这些年来，我殚精竭虑潜入政坛，从国民基础教育做起，一点点将传统的仁义礼智、道德礼仪教给民众，已有成效。可惜你父亲方面，他对技术的探索了无止境，太过沉迷研发，触发了那场旺角的实验室爆炸事故，大半个科研团队也随之殉亡。这项救世之术自此无人继承，现今香港的珀斯休曼越来越多，人际问题也越来越严重……"

"够了。"阿Ray终于打断对方的回忆，"故事讲够了？"

谢先生回过神来，哑然地看向阿Ray："你不相信我所说的？"

"对不住，我想象力不好，都是哪里抄的睡前读物？"

"这都是真实发生过的事！"谢先生深吸一口气，"好吧，如果我告诉你，Lawrence和Emily都是珀斯休曼呢？"

阿Ray眼神变了，这才有所触动。如果弟弟并非亲生，母亲却还如此疼爱？他乱想着，嘴上还是不松："鬼扯。"

"珀斯休曼的出现跟基因变异相关，造心之

术也与基因编码有关，这项能力靠主要掌握者的身体遗传。你父亲临死前带回Lawrence，我们以为是为了将技术传给他，因此假造遗书，带走Lawrence悉心培养。直到这些年极尽测验，却发觉Lawrence身上毫无疫苗的痕迹，生了疑心。恐怕你身上才真正携带造心之术。"

阿Ray突然发问："假造遗书？爸那封信是假的？你们怎可以骗人，还骗了妈一辈子！你知道Lawrence离开，她多伤心！"

"我们会对令堂补偿，但非常时期必行非常之事，你将来会懂的。"谢先生不愿对此再多解释，急急说了下去，"现下希望你配合，尽快掌握造心术，拯救人类于水火之中，这也是作为你父亲传人的责任！"

"你们这种冷酷上等人的想法，我是不懂。"冷笑一声，阿Ray推开车门就想走，"故事听完，该回家睡觉了。"

"你还是不信吗？"谢先生一把握住他的手，"那跟我来！"

还是熟悉的港岛，却是迥然不同的视野。站在100多层高楼的最顶端，俯瞰这座城市的辉煌夜景，完全出自阿Ray不习惯的视角 —— 毕竟，通常像他这种不起眼的小蟑螂，都是远远置于高楼底下。

此间位于香港最高几栋大厦之一的顶楼旋转酒吧，因为消费太高，平日阿Ray从未来过（倒是常听Emily提起）。看谢先生熟门熟路的样子，简直比他更像本地人。

"过来这里。"进入人群之前，谢先生细致地戴好了口罩，这会儿正往室外露天区域走去，朝他招招手，又递来一副厚厚的眼镜，教他戴上。眼见身边人都穿戴齐整，谈吐间尽显自信高雅，衬得阿Ray愈发不安，手脚都不知该怎么摆了。冥冥中有一架挖土机碾压而过，强大的重压朝他袭来，呼吸急促，额头冒出细细密密的汗珠。仿佛又回到巨型包底。

那眼镜沉得一戴上就往下掉，他赶紧双手勉力托住，调整位置 —— 但无论如何调整，视野都是一片模糊。

"好了吗？开始。"谢先生掏出个遥控按钮，嗡然一声，眼前景象全变了！天上烟花绚烂，地上火树银花，把黑夜照得格外清晰，一切那么遥远，却又近在眼前，仿佛进入另一个平行的立体时

空 —— 人潮滚滚，拥挤来往的旅客神色匆忙，都在疾步走着，像被看不见的鞭子追赶……那是港岛常见的景象。

"你看他们，是不是其实都在无着无落地飘浮半空？"谢先生突然从后面幽幽发声，吓得阿Ray浑身一颤，"通过特制的视觉仪器，可以清楚看到珀斯休曼给人群带来的危害。"

嗡的又一声，谢先生再按遥控，密密麻麻的人流瞬间飘离地面，转换成透视效果，再逐个放大。这回阿Ray看到了，其中将近一半的身体内部没有跳动的红色心脏，取而代之只有一片细细薄铝 —— 这些人全都双眼失神、目空一切，尽管衣着各异，但他们仿佛戴上相似的面具，那面具是微笑的，也是冰冷的。

海港的浪头不断翻滚，细碎水珠穿过百层高楼的距离打到脸上，湿润的触感向皮肤深处渗透进来。阿Ray打个激灵，浑身毛孔都悚然张开。他仿佛还能听到，人群经过路口的红绿灯标牌一直嘀嘀嘀嘀，像尖刀在磨裂耳膜。这些年做惯服务生，他最熟悉和害怕的，便是这叵测的人群。恢宏的高楼，楼与楼之间的黑漆，此刻都不及每个人脸上漠然的神情更加可怖。

谢先生的声音在耳边响起："因为没有心，无法感知对痛苦和感情的敏感体察。都市的午夜熙攘热闹，可喧嚣中又有几分荒芜……这便是我当年查探香港以后不愿留下的原因。别看人来人往，其实是座空城啊。"

　　他呆望夜空，想起自己反复做的诡异噩梦。梦中他挖心而泣，也终究得不到爱人怜惜。谢先生说的却是另一种对倒的困境——无心者，长出心来，便当真能获得情感能力？而所谓无心之说，就算解释人群冷漠的合理性？

　　"不是这样的，你有偏见！"阿Ray转过身来，表达了强烈不满，这一刻他的神情居然让谢先生想起他父亲，"如果你说的是真的，我可以试试做点什么。"

3

夜色已深，阿Ray错过了地铁站晚班的工作，谢先生却说已替他跟公司打过招呼，而后坚持送他回家。

开门是母亲焦急的面容，她见大儿子平安才放下心来，围着他寒暄半天。不过她对谢先生的拜访很是冷漠，不予理睬，也不接他递来的礼物。Lawrence倒无事人一般坐在沙发上敲电脑，抬眼扫扫阿Ray："早说不用担心，这么大的人，能有什么事？"

阿Ray方才刚听完谢先生的话，心中万千感触，此刻懒得与Lawrence计较，习惯性地撸起袖子要去厨房帮忙。谁料谢先生却是个狠人，不紧不慢走到Lawrence身前，伸手就是一巴掌！Lawrence痛得哇哇大叫，母亲冲出厨房想阻拦，被小儿子恼怒推开。

"哼，今天就要好好教你什么是亲情、什么是礼仪！"谢先生冷着一张脸，双手背在身后，"给你哥哥道歉！"

"凭什么！体罚是不正义的，教育该讲道理！"Lawrence哗的一下站起身也喊起来。

"你少跟我扯那套，我这辈子最错的事就是送你出国！"

"你这辈子做的错事多了！不，是罪事！"Lawrence不依不饶，简直像谢先生的翻版。

"闭嘴，孽子！"谢先生脸色难看到了极点，"跪下，道歉。不然你知道后果！"

Lawrence还想反抗，听到养父的威胁，却被一股无形力量控制住了，僵持半响，终于气鼓鼓地弯下半条腿，语气里满是不情愿："哥，对不起——虽然我不知道对不起什么——但请您切勿生气。"

面对这突如其来的一幕，阿Ray也看呆了，从厨房出来扶他："没，没事，算了。"

"今天你哥哥为你讲情，暂且饶过你这个忘恩负义的兔崽子。"谢先生转向阿Ray，面色变为温和，"我还在香港待一段时间，有事随时联系。"

见养父严厉指责自己还替哥哥说话，Lawrence愈发不满。谢先生前脚刚出门，他瞪了阿Ray一眼，转头拿手机发了条信息，然后若无其事地坐下，继续看家人在厨房忙碌。阿Ray原本没在意，不到三分钟，手机屏幕亮起。清洁工作忙到收尾的他擦了擦手，打开一看，整个人忽然愣住，失魂地凝在那里。

"乜事？"母亲见状问道。

"是呀，怎么了？" Lawrence 也主动发问。

阿 Ray 眼神发慌，支吾不答，迅速躲进屋里锁了门，这才给女友回拨电话："Emily！"知道狭小公屋的隔音不好，他竭力压低声音，"我睇见你嘅讯息……写错吧？"

"冇错，我写嘅清楚，同你分手。大家好聚好散。"

"但係……点解？就因为嗰日……冇买包包？"阿 Ray 整个人像被点燃一般直冒火，声音颤抖，"我买，我买俾你？我不想分手啊！"

"唔止因为一个包，也唔止因为一件事。因为我哋两个唔适合。你知我有个室友，内地嚟嘅留学生，攞高薪傍有钱人，已经睇唔上我了！你知我弟要上大学，家中更加拮据，究竟几时生活先能改变？如果你唔改，我就自己改！"Emily 却答得清晰，"我想好了，要揾钱出国留学，要过 Lawrence 咁嘅生活。"

阿 Ray 被噎在当口："因为你哋两个都……"

"咩啊？"

阿 Ray 差点把珀斯休曼的秘密脱口而出，强按心头火气才反应过来："我话，係我错，但我唔想同你分手，求下你……"

他的语气充满哀伤，可惜对方只顿了一顿："依家唔係你想同我分手，係我想同你分手，听唔明?"

"我 …… 我好爱你啊! 俾多我一次机会，其实我已经准备 …… "

"我最睇唔惯就係你冇骨气!"

这话宛如一道锐利的刀锋，截断男生的万般柔情。他不知道如何说下去了。

对方等了几秒没有听到回音，终于耐心耗尽，决绝挂了电话，徒留阿Ray无力滑倒在地，久久不得动弹。然后听到Lawrence的出门声，那人终于走了，以胜利者的姿态昂首离开。

夜已渐荒凉

夜已渐昏暗

莫道你在选择人

人亦能选择你

公平　原没半点偏心[1]

夜已深，空气中还弥漫着醉醺醺的味道。一群醉酒人哼着小调从楼下走过，夹杂着远处烟花噼啪。像他的心碎。

一 陈百强……等。

"Ray仔，你……"过了许久，响起母亲小心翼翼的敲门声。

阿 Ray 回过神来，抹一把满脸泪痕，强撑从地上爬起："妈，我冇嘢。"

母亲显然也听到刚才电话声，但不知怎么安慰，讷讷地道："好，好。早点瞓吧。"

"妈，係我错，我先头不应该发火。"阿 Ray 突然这么说。

门外呆住片刻才讶然回道："傻仔，你係妈最乖仔啊!"

不愿让母亲担心，阿 Ray 压抑自己的呜咽声，上了小床，盘起双腿捻个手型，开始修行打坐 —— 他上过社区课程，说狭小的房间易使人产生郁结之气，以打坐之法可以化解 —— 尽管 Emily 认为此法荒谬，但阿 Ray 深以为然。

都摄六根，净念相继。他跟自己说。

曾以为信仰能够抚慰人心，或是钱财所不可得。就像他跟 Emily 的青梅竹马、彼此寄托。二人自小生活在简陋公屋，同个屋檐下搭伙，什么话都知底知根。直到出来做工，生活重担越来越难负，于是跟女友牵手漫步、吐露苦水成了他夹缝中唯一的慰藉。

糊涂是你的一颗心

……

糊涂换来一生泪印

……

今宵的你可怜还可悯

目睹她远去

她的脚印　心中永印[1]

偏是这种时候，偏偏窗外仍在吵闹，扰得人难以安心。

他想起与Emily在一起的点点滴滴：虽然她有时倔强，但毕竟共同长大，想来自己再找不到这样的女友了吧……然而他又记起高大直入天际的巨型包包，反复纠缠的挖心噩梦，更记起谢先生今夜讲的古怪故事，高楼上俯视众生的迷离……种种记忆五味杂陈混在一起，冥冥响起预兆。

梦中他挖出自己的一颗心，真想知道那是什么滋味——自此，就可以不再苦痛愤懑吗？

不是没听朋友说起，Emily聚会见到学成归来的Lawrence，似乎心向往之，往来过密。但他不敢多想，甚至不敢开口发问——无论如何，他不

一　陈百强：等。

愿在失去爱情的同时还失去亲情。

打坐之法今日没了效果，阿Ray胸中百感，心头堆积的邪火也愈发盛大。窄小房间再也盛不下汹涌的怒气，几要爆炸开来。就在此时，床头的手机再度闪亮，他没好气地捞过来，号码显示来自近日接待的内地游客。难道又是投诉？阿Ray见过太多找茬的客人，此刻实在情绪不佳，本不愿理睬，但转念想到要对工作负责，只得打开细看。

"在港的历程，感谢有你相伴。辛苦了，愿一切都好！"

居然是这样一条讯息。阿Ray愣在床上，反复读了几遍，确认没有眼花。这年头，难得遇上一位体贴的客人！就算世界上的人真的已经分成珀斯休曼和非珀斯休曼，这位客人肯定不是前者。

夜色渐深，他放下手机揉了揉眼角，暖意回溯心头，终于稍稍疏散对这荒谬人间的怒火。临睡前，阿Ray又掏出手机上网搜索"珀斯休曼"，没查到一条记录，很是困惑，并在困惑当中睡去了。

次日一早，刺耳的电话铃声将他惊醒。"你接待嘅客昨夜喺维港失足落水，尽快过嚟现场。"旅游公司经理告知噩耗的声音干巴巴的。

阿Ray闻言吓得一分睡意也没了："係唔係搞错？佢琴晚还send畀我message。"

"咁你嫌疑更大！一个钟头之内赶唔到，警员要去屋企揾你。"

"我即刻去！"他生怕一大早吓着母亲，赶紧答允，穿上衣服奔出门，赶去尖沙咀钟楼码头下的案发现场。

公屋在城市的偏僻角落，阿Ray坐了漫长的地铁，偏偏尖沙咀地铁站出来的路特别长，他一路小跑，还是迟到了。海边人群围了外三层里三层，阿Ray气喘吁吁满身是汗地竭力往里闯，引来众人侧目："睇个墟冚（看个热闹）还咁挤，乜质素！"好不容易挤进中间，一股怪味飘出，阿Ray打了个寒战，捏住鼻子 —— 往日这里的鱼腥味最盛，此刻更加叫人发晕。

昨日谈谈笑笑的客人，临睡还发来蕴藉的讯息，谁料竟成遗言，今晨骤然变作一具死尸。他一眼望到地上面目全非的身躯，吓得瑟瑟发抖，站都站不稳了。

"你係死者嘅导游？"戴着牌子的工作人员走过来，见阿Ray愣愣点头，立刻拿出一本记录册历数起来，"首先要等验尸结果出嚟，确认死者有无受到外力伤害，再裁判你有冇刑事责任。"

"我……唔係我做嘅！琴晚我冇跟佢喺一起。"阿Ray慌了，忙矢口否认。

"如果运气好，检测认证係自然溺水死亡，按照旅游公司嘅规定，你只需赔偿人身意外嘅钱畀家属，再交一笔罚款……"

运气好？工作人员的冷漠让阿Ray愈发慌张，他浑身打战，左顾右盼希望奇迹发生——或许人群中，有讲道理的人主持公义？

"后生仔年纪轻轻，怎做咁嘅事！"

"世风日下啊世风日下……"

围观人群并不知道真相，却拿着手机指指点点，个个气场超然，仿佛化身裁决正义的法官（但无人表达同情之意）。那姿态，让他想起高楼上看到"珀斯休曼"，千篇一律的嘴脸。

前日接待游客时曾听对方抱怨：越繁华的闹市，人群越多越近，反而教每个人越感恐惧。那唯一对阿Ray流露过温情味道的——却是一位外来旅客——如今正躺在地上，成为最先失去生命力的一个。这世界，怕是真不正常了！

"先交罚款，再等处理。"工作人员推他一把。

"我冇带钱……可不可以……"阿Ray声音

怯怯想要求情。

"唔配合处理，你同警官讲。"负责人懒得再做沟通，朝远处招招手，几位穿制服的高大警员走了过来，"未来你跟法官讲。"

"冇啊！我配合，我諗计（想办法）!"他赶紧掏出手机，但在对方横眉冷目下又不敢走远。

打给谁呢？仿佛一道高耸闸门，隔开了汹涌的人群 —— 通讯录里有钱有势的朋友找不出几个。他思索良久，无奈给谢先生发了个求助信息："你不是有定位系统吗？来救人吧。"

4

谢先生果然擅长应对棘手问题，不到半个钟便驱车赶来现场，戴着防护严密的口罩钻入人群，掏出一笔钱款跟工作人员交涉，又亮明身份。工作人员哪里见过这架势，没几句话便被收拾得服服帖帖，放得他们顺利离开现场。谢先生为还在发抖的阿Ray披上外套，带他再上自家豪车："去我的会所，缓缓神吧。"

这是一间环境清幽的私人会馆，因为只对内部会员开放，人很少，金色的装置堂皇富丽，服务员身着专业套装，个个露出亲和的笑容 —— 与方才码头的人群脸色迥然不同，落在此刻阿Ray眼里，却也是同样可怖 —— 一旦得知自己并非有钱人，就该随时变脸吧。

进房间点了壶茶，谢先生迫不及待地直入主题："想学造心术吗?"

阿Ray皱了皱眉："现在? 这里?"

"这里隐私度极高，外人不可入内。另外，只要你答应参与此事，我们会给到丰厚报酬，从此不用再做低等工作。我昨天拜访你家，见你家人确实需要更好照顾啊。你看还有什么顾虑吗?"谢先生转了转茶杯，打量他的神情，再加一句，"今天那位溺水身亡的游客，就是被人群冷漠逼死的。"

"你怎么知道?"

"来接你路上,我已派人查明他的履历。一个内地游客,曾经在港求学,学业和感情不顺,离开香港几年后又回来,还患了失忆症,看来对这座城市没什么好感。"谢先生清了清嗓子,"珀斯休曼危害如此之大,关乎人类命运前程啊!"

阿Ray沉默许久,终于出声:"我回去想了,你说自己信奉思想教化,为什么对我爸的技术突然感兴趣?爸死了,你应该正好采用自己那一套?"

谢先生面上闪过一丝犹疑,很快恢复如常:"我和你父亲虽然手段不同,但终极目的都是保护人类、改造珀斯休曼。他的技术失传,我们自然有责任……"

"你终极目的不是这个!"阿Ray却打断他的滔滔不绝,一双眼睛瞪得雪亮,"我上网查了,但没查到任何信息。如果答应学造心术,你得告诉我真正的内幕。我不要再做傻子,事事都被蒙在鼓里!"

谢先生噎住了,没料到他会这么说,重新打量阿Ray一番:"你不傻,只是善良,有时甚至善良到软弱,宁愿回避真相。你毕竟是你父亲的儿子啊!"

阿Ray哼一声。

谢先生抿了口茶，掏出一张纸片递给他，接过一看，密密麻麻写满的居然是组织年表：驱逐派、改造派、挖心派、造心派……"这是组织的派系统计。跟你父亲一样，得知秘密的都是聪明人，兼备实力与心机。事实上，内部矛盾很大：少数人主张动用武力消灭所有珀斯休曼，那是疯子；大多数人达成共识，采用渐变的方式进行改造 —— 理智的路。但在此其中，又有部分认为珀斯休曼不受情感波动，行动效率更高，所以不如把人类改造成珀斯休曼……"

　　"我同意！"阿Ray突然插嘴，"我一直想把自己的心挖出来，这样就不再痛苦了！"

　　谢先生意味深长地看他："孩子，受到一点小小打击就这么消沉，你的父母听见会伤心的。"

　　"心都没有了，还能伤吗？"

　　谢先生继续说下去："更多数人，无论从伦理还是情理的角度来讲，都认同将珀斯休曼往正常人类方向进行改造，也就是增加他们的情感能力。你父亲发明的造心技术在此过程中尤为重要，尤其是……我的教化之术进展受阻……"

　　阿Ray抬头。谢先生掏出怀里雪茄，点燃吸了一口："老实说，前十数年，我们团队还有些成效，但近些日子越来越难推进了。所以我不得不挑起你父亲这边的大梁，重新拼接那场事故后的零散痕迹。"

"可你上次说的是，我父亲一死，你们就立刻赶来接手技术，还假造遗书接走 Lawrence。你说话反复不一！"

"喀喀。"谢先生被自己的烟圈呛到，咳了几声，脸色难看，"你愿意聪明起来的时候是很聪明。可是孩子，不要矫枉过正，太过疑神疑鬼了。"

"什么意思？"

"以前我也想接手，但没有现在紧迫。事情就是这样……"谢先生简洁说毕，直视他的眼睛，"你最好相信，也只能相信，如果还想跟我合作的话。"

阿 Ray 倒吸一口气，紧咬牙根竭力让自己不表现出反感。是啊，他何尝不知道，自己需要跟对方合作，需要得到力量、得到实力——才有可能跟侮辱和损害他的一切讨个公道！他不想再做傻子。那种受尽屈辱却又无能为力的感觉，他不要再来一次。寻到机会，总能让这老狐狸吐出真相。

"我们开始吧。"他说完，对方的眼神霎时发亮，阿 Ray 却又补了一句："他恨这里，也爱这里。

所以要离开，也要回来。"

"你说谁？你父亲？"

"我说那位内地游客 —— 新移民 —— 港漂，或者随便怎么称呼。"

"这要紧吗？"谢先生感然地眯起眼。

"要紧。"

谢先生掏出一个U盘大小的迷你工具，轻碰触击，大幅投影画面出现在房间墙壁："我们找到你父亲幸存的老部下，从他还原的记忆里推演出了造心过程。"

他又看到了血肉模糊：从人体中提取零零碎碎的小块血、骨与肉，慢慢凝结成鲜红的瘤形 —— 阿Ray惊恐地想起，这场景竟与自己反复出现的梦境那么相似。"造心，跟挖心有什么关联吗？"

"这样说啊，思路倒也没错。"谢先生思索了片刻，终于开始认真对待此次谈话，"目前医学普遍认知里，心脏承担的是供血功能。然而改造派的先驱林博士提出，'心'相当于病理性的肿瘤，影响身体里情绪感知的神经组织。之所以说是一种病，因为有了情感负累，增加情绪波动，是人类进化不完全的体现。这项研究尚未得到共识，但成为主张改造人类成珀斯休曼的理论依据。"

听起来……很有道理呢！阿Ray想到自己受过的那些苦闷，不禁黯然。

"改造派的一部分主张，是将正常人的心挖掉，改造成珀斯休曼；另一部分认同保留人类本性，为珀斯休曼造出真心。过程中要用到你父亲当年研发的生理性基因修改技术——这项技术由人体储存和控制，应当遗传给了你。"

谢先生掏出另一个微型针状的机械臂，放到阿Ray手心。在小针尖接触到皮肤的刹那，一股刺激电流钻进体内，他不禁打了个寒战，六腑五脏随之震动。

"它有反应！"谢先生兴奋起来，"快，握紧，把全身能量传递过去！"

"什么意思？"

"造心是向珀斯休曼的细胞基因组置入变异基因和转换原有基因，而你体内携带着整个过程的诱变催化剂。"谢先生神态严肃，"现在你要做的就是放下紧张，让身体接纳基因改造工具，再逐步熟悉运作模式。"

阿Ray依言，竭力让自己屏神聚气，任由谢先生控制微型机械臂插入他的肤内。一阵刺痛袭来，手心渗出几颗小血珠，他倒吸一口凉气。

"太好了！"谢先生凑上前来，继续操作。

阿Ray在此刻剥离了原本莽撞的自己，镇静下来，悉心记牢每一个步骤，但眼眸的底色也越发冰冷。在对方投入指导的时候，他似是无意丢出一句话："有时候我怀疑，你其实也是珀斯休曼？"

学了一整天，累得头都晕迷，但阿Ray终于基本掌握了造心术。按照谢先生说法，就待下次找个真正的珀斯休曼亲身试验。临走前阿Ray不顾谢先生推托，坚持带走了基因改造工具，理由是私下练习增进熟悉度。他心中估量，基因技术将大大改变人体构造与遗传，恐怕与权力的交替相关，甚至将彻底颠覆伦理道德，无论是谁，当然都想牢牢握在手里。

他曾经对这位温和儒雅，在自己落魄时候赶来的长辈生了好感，直到对方无所谓地告知：那封给母亲带去半生眼泪的先父遗书竟然出自伪造，而此事甚至不值得放在心上，无足挂齿！他终于明白，这份信任又是所托非人。

不带情感地利用，利用一切可以利用的人，才是让自己免于再受伤害的正途 —— 阿Ray告诉自己。

回绝了谢先生派车送他的建议，他独自跌跌撞撞迈出大厦，因为精力殆尽，需要一步一挪扶着墙才能勉力不倒。高楼的压迫感教人眩晕。他觉得自己能飞，穿梭楼顶之间，可那只在梦境。现实中尽是无能为力的束缚，站在楼底，拧断脖颈都望不到天空。

走了半刻钟他才意识过来，自己正毫无方向在街头游荡。该去哪儿呢？阿Ray看了看表，时间尚早，他还不想回家，如今知晓内情，面对母亲总是百感交集。生活还要继续，因为莫名其妙的游客死亡事故，旅游公司的工作估计难保，还是回地铁问询台吧！

午夜的地铁站空空荡荡，吊灯照得往来通亮。阿Ray忙了半宿，终于整理完今日工作，放空片刻，无意瞥见抽屉里的账本，不禁心中抽痛。这时手机亮起，他似有预感袭来，颤抖的手不敢上前去拿。

啪！他打了自己一巴掌，响亮的声音回荡在空旷里。还是这么懦弱！什么时候才是尽头？

阿Ray自我谴责完，捞过手机打开，屏幕显示朋友传来两张照片 —— 是Emily和Lawrence在酒吧热舞的偷拍照。照片上女孩身着黑色镂空蕾丝短裙，浓妆在脸，绽放笑靥，仿佛袒露着欲望，阿Ray从没见过那种明艳。而男生未着西装，只一件简单的休闲衬衫，并不用力，却自然流露出十足的精英味。

霎时血液涌上头顶，阿Ray憋屈多年的郁结和火气倾泻而出，再无法控制。原来这个弟弟，从未把自己当作哥哥对待！而这个女友，又何尝念过一丝往日情谊？珀斯休曼，还真是反社会的可怖。

根据程序代码执行任务，你来我往，如果只是出于目的和交换——多么轻松安全。可惜阿Ray永远做不到，哪怕工作关系也忍不住错付真心，更别提亲人了！

多想挖出自己的心啊，只要能够不再在乎。

他怒火当头，丢下手头工作，冲到地铁站储物柜，取出一早就为Emily买好但后来无缘送出的名牌包包，然后毫无犹疑地奔去了照片显示的兰桂坊酒吧。

燃烧的火焰要如何熄灭？

阿Ray挤进狭窄街巷，人潮如集装箱过境般拥挤，接踵摩肩，需蜷缩身体过路，喘气都要小口小口地来。走入人贴人的舞池寻觅许久，终于看见那两个不要脸的家伙。坐在偏僻角落的沙发上，Emily向着Lawrence言笑晏晏，身体前倾微露春色，五官笑得几乎变形，两个大耳环不断碰撞，叮当作响。他深吸一口气，控制自己冷静走过去，用不带感情的声音说道："你哋两个出嚟。"

气氛尴尬，二人显然没料阿Ray在此出现，大概被他突然转向的气场震慑，又或是有些心虚，磨磨蹭蹭站起。"我同你已经分咗手。"Emily当先说道，"我同边个喺一起，你管唔到。"

"我也没想管，但要告知一件事。"阿Ray的语气近乎冷峻，"一件为什么谢先生对我热情招揽的事，关于Lawrence身世的真相。珀斯休曼。"

Lawrence开始还不在意，听到最后四个字，双眼噌地骤亮，手还拿着酒杯，脚步就不自觉地加紧随他走出酒吧，Emily犹豫片刻，只得也跟了上来。阿Ray板着脸一言不发，一直走到楼宇夹缝的巷道深处。Lawrence终于忍不住，追问出口："你到底要说什么？珀斯休曼？"

阿Ray猜到对方已有耳闻，冷冷回复："谢先生说他们投机错了，拥有造心能力的疫苗不是你，是我。"

Lawrence愣了片刻，高声质问："鬼扯！bro，讲道理，就你这脑子，也配？"

"你还当我是哥哥？"阿Ray回头，满脸阴森看得二人惊心，没有给任何人反应过来的时间，猛地出手狠狠击了Lawrence一拳。Emily和Lawrence全没料到素来温吞的阿Ray竟有如此力量，前者来不及拉，后者来不及躲——当即被打得鼻血横流，玻璃杯碎落一地。Emily高声惊叫："有病！"

"哈哈哈哈，有病的是你们！"阿Ray纵声长笑，松手放开Lawrence，转而又甩了Emily一巴掌。

"怎么连女人也打！"捂着鼻子的Lawrence看不下去，回身护住Emily。

"这是你两人欠我的。从今往后，扯平。"见到爱人的脖颈出现两道红印，还有细微血迹，阿Ray眼中恢复漠然，放下双手立在原地，再不攻击也不抵抗。这姿态使得本就心虚的二人没了主意，对视一眼，终究不再争论，Lawrence当先冷哼一声离去，Emily瞪一眼阿Ray然后也追走了。

阿Ray捡起地上破碎酒杯和沾上的鲜血，躲到街巷深处，掏出口袋里的微型机械臂，戴上特制显微眼镜，就着昏暗的路灯开始基因修改。原来根据谢先生所教，改造珀斯休曼需要提取细胞样本，结合阿Ray身上的诱变催化剂，操控机械臂进行基因位置的植入调整。这才是他看似冲动暴打二人的缘由 —— 实则借机收集Emily和Lawrence的血液。

阿Ray忙了整天，到现在已经精力衰弱，但他戴上高倍放大镜，强迫自己集中注意力，花费一个小时才完成操作。而后用小瓶装起二人经过修改的血液，揣进怀里，拍拍脑袋提起精神，再次往酒吧走去。

Emily和Lawrence正在帮对方用冰块敷脸，落在旁人眼中，别有一番甜蜜蜜滋味，但骤然见到又一次出现的阿Ray，简直见鬼一般，下意识就想躲："就算先对不住你，刚才的暴力攻击已经没有追究，还要怎样？"

阿Ray懒得说话，面上露出鬼魅笑颜，一手一个拍上二人的手臂 —— 他在掌心暗藏了经过处理的基因样本，透过肌肤压进对方体内。二人以为他真的失心疯，正打算喊救命，忽觉全身乏力，瘫软下去。

谢先生曾说，造心术发动的时候，珀斯休曼会感到天旋地转，甚至出现意识错乱，仿佛置身时空夹缝的荒漠戈壁。阿 Ray 恍然想起，这竟跟自己睡梦中不断出现的挖心之状如此相似。原来造心与挖心，系出同理。心与情感，果然是人类的负累。

Emily 和 Lawrence 虚弱地倚靠在沙发上，仿佛能看见上、下腔的静脉与带瓣膜的通路逐渐形成，他们体内正在迅速长出心脏 —— 不，那是一颗肿瘤，一颗毒瘤，可以体验甘甜苦辣却又时时刻刻难以安眠的情绪波动。

灵压倾泻而来，时空在此扩散、撕裂，盘旋起旋涡般的强大力量。

—— "这些年来，你们知道我都过着什么样的日子吗？

"看看这是什么！"

阿 Ray 终于大功告成，面上露出恶毒的笑意。掌握了基因技术以后，意外提升了普通话技能，他发泄地吼着，掏出为 Emily 购置的名牌包砸在女孩身上，开始痛陈心声：

"买包的事让你失望，但你知不知道，是因为早就为你准备礼物！

"多少次我为赚钱拼命加班，你一声召唤就要立刻赶到，不觉得太趾高气扬了吗？不觉得太理所当然了吗？多少次当着客户和来往人流的面嫌我无能、骂我难堪，知道是多大羞耻吗？深夜你说应酬，我在楼下等到凌晨，直到你回来才肯放心，可你那时又在跟谁聚会？那样的好脸色，从没给过我！

"我不说什么，累得半死去接私活，去实现你想要的一切要求，但因为花时间工作而少陪伴，又招来更多的埋怨！可是凭什么一个男人要按你的标准来改变人生？你的标准又算什么真理？"——

阿Ray骂到起劲，没发觉对面Emily双手都拎不起包包，声音里泛着虚弱："为什么从没听你讲起这些？"

"我……你总那么凶，我哪里敢！我要反抗，就要冒失去你的风险。我多么爱你，不想失去你！

"但我也需要安全感！快三十岁，你还无房无车，要我怎么安心？怎么不急？苦日子过够，谁不想要更好生活……"

——"借口！你以为的安全感，在我这儿就是压迫感！

"你眼高于顶，想要更好的生活，觉得我配不上。可你以为自己配得上Lawrence吗？你以为他是怎么看你，又看得上你？讲到底，利用夺走你来激怒我而已，用完便一脚踢开！"——

阿Ray说到义愤处，往地上吐了一口唾液，转脸又朝向Lawrence：

——"至于你，恭喜激怒成功，但也别太得意！利用别人这招，是从养父那里学来的吧？告诉你知，谢先生也是利用你接手造心术而已！现在用不上你了，转头来找我！

"你到底得意什么？当初抱养走你，是多了不得的成就吗？你以为拥有的一切是因为自己精英？你以为比我这个哥哥就聪明几多？呸！别人家的施舍，你也当真？要你跪的时候还不得乖乖跪下！

"从来只做自己觉得正确的事，东指西点，倾洒无处安放的鄙视眼神：衣服怎样穿才得体，餐具怎样摆才高级，音乐会怎样听才有水平……好像我们都是乡巴佬、穷亲戚，什么都不懂，活该被你踩在脚下！知道这是多大侮辱吗？

"每次妈听完你的话，表面不说什么，好多晚上都暗地落泪，节衣缩食购置昂贵的家具，只因你说是身份象征！可是凭什么一位长辈要按你的标准来改造生活？你的标准又算什么真理？"——

Lawrence发出解释的声音也越来越微小和纤细，很轻易就被盖过："Come on！社会就是如此，谁人不在做着衡量，怎能怪我一个？大厦的墙建在那里，谁能逃出？"

"高墙就是你们这种人抬起！在外显摆就好，凭什么把耀武扬威带回家？"

"我只是履行责任……既然不在身边，难尽孝道，提些建议帮你们提高人生境界……"

——"屁话！你认为的责任感，我看那是优

越感!

"妈多大年纪,照顾家里一辈子,到了现在,还人生个鬼、境界个屁!至于我……你管得着吗?你觉得自己多高尚,讲到底,就是有钱人的走狗!婊子配狗,天长地久!但是究竟有什么划分配不配得上?万恶的世道,凭什么把人分为配不配得上!"——

阿 Ray 察觉自己把满腔怒火化作杀伤力极强的炸弹,摧毁了一直压制他的名贵包包:曾经永远困在包底挣脱不开,如今终于冲破。此刻他如有附身,仿佛身担包括那个港漂游客在内所有被压抑者的愤懑,谢先生教他的话在此刻飙上心头,喷涌而出:

——*"那些屈辱和漠视的损害,因为你们没有心,从来无法感知。*

"现在好了,我要让你们也长出一颗心,拥有对痛苦和感情的敏感体察!

"恭喜,你们现在是有心的人了,也就是有病的人了!!"——

他的痛斥越来越大声，越来越用力，直至喉咙撕裂，青筋暴起。似乎有人过来拉他，但看不清人影……像一只蚂蚁，蜿蜒爬行在茫茫沙漠之中，寻不着前路也看不到方向。

七彩光线倾洒下来。崩塌的欲望决了堤。一个文明的没落，如沙盘倾泻，掩埋荒漠深处。他究竟身处哪个时空？

阿Ray骂到情绪高涨之处，没发现那边二人逐渐气散，直到戴着口罩的谢先生冲了过来，狠狠拍他一掌，"你杀人了！"

"我没有！"阿Ray猝然受惊，这才从造心术的幻境中清醒，意识到自己还身处酒吧，桌椅跌乱满地，像是暴风卷过的废墟。周围人早吓得四散开去，这座承载着繁华的巨轮也近关闸。眼看起高楼，眼看楼塌了。当落尽尘埃，宇宙还剩什么？

他头痛几近撕裂，一开口嗓子也是撕裂："我给了他们一颗心。按照你的意思，我救人了。"

"你你你……杀人了……"谢先生居然一反常态地失色，不断机械重复道，"你杀人了！杀人了……"

顺着谢先生筛子般抖动的手指，阿Ray看到Emily和Lawrence瘫倒在沙发上毫不动弹。他心脏跳得猛快，迟疑了一会儿，鼓起勇气上前查探——发觉那二人竟然已经气断身亡！

"怎么回事？我按照你教我的法子造心，怎么这样？"阿Ray吓得回头质问。

谢先生眼带悲悯："你要知道，'心'是极为脆弱的，尤其当一个人刚拥有心的时候不擅使用，如果遭遇心痛过度，或会导致心碎，甚至无法愈合而身亡。"

"那你怎么不早跟我说！"

"我哪里知道你把造心术当成儿戏，刚学就自己贸然发动！"

两人愤愤对峙，直到阿Ray撑不住了，气焰先灭下去："可我们人……谁不都是经常伤心？过去他们让我伤心得还不多吗！何至于我让他们伤心一次，就心碎死了……"

失去养子的谢先生也露出悲痛神色，泄了怒火喟然哀叹："平常人类自小练习如何使用'心'，历经千百次磨砺锤击，早就学会了心碎复合。可是对于刚刚获得新'心'的珀斯休曼，他们还没有掌握这项技能……你怎能在此刻……"

阿Ray彻底失措，这才反应过来：他想救人，却杀了人；想得到爱，却失去了爱。

他疑惑地望向谢先生，茫茫然立着，不知何去何从。

6

黑暗的房间。白发的男人。旋转的头颅。

"Father，确定要告诉他全部的真相吗？"

"怎么可能？但根据情报，此人重情重义，最好以此为切入点。毕竟造心术的发动，需得催化者自己情愿。"

"至于计划的内情……"

"编个宏大理想和动人故事骗骗就行了。"

"如果听到故事都是假的，以后得知真相不会觉得痛苦吗？"

"世上哪有故事是真的？你要记得，我们的终极目的是为了真正的进步！"

纽约·电影院　前往美国　美国　香港　香港　美国　香港·阿R住处　美国　返回香港　香港·夜总会　香港·阿R&Y住处　离开·兰桂坊　香港·尖沙咀·剧院　死亡

父亲　生母　谢先生　简离　Lawrence　阿Ray　Emily　赵宁　宋思文

港 吟光 著 漂 记忆拼图
The Memory Puzzles of Hong Kong Drifters

第六篇 时空夹缝

中国美术学院
China Academy of Art
创新设计学院
SCHOOL OF DESIGN&INNOVATION

小组成员：傅家俊 尹博淳 朱薇
艺术指导：端木琦 王志鹏 程斌 项建恒

社会

地域

东方西方　宗源殖民　香港　社会阶层　身份认同

身份冲突
普通话更普及
自然经济
房价过高
用地需求高
伦理哲学
性格依群
封闭的大陆型地理
思维模式

白人崇拜
港女北嫁
老龄化加速
殖民统治
全球化冲击
多重身份
自我认知
人口组成复杂
价值取向

香港·香港社会　遮心术·捻心术　主角团
场　物　人

兴衰　价值观

"借离合之事，写兴亡之感"　从个人私情的狭隘小天地上升到社会的忠孝仁义

第六篇
时空夹缝（POV: Lawrence）

你是那么不特别，因此而特别。

疾速飞驰的高铁列车之上，时间停在那15分钟，各形各色的记忆跑了出来。Lawrence闭上双眼，回忆这趟旅程，仿佛再度掉进时空夹缝之中……

截止到1993年11月4日，全球感染珀斯休曼的病例逾7900人，累计死亡病例共170例。

年初，一辆停在纽约世界贸易中心地库停车场的汽车被放置重达1500磅尿素硝酸盐氢炸药，发生猛烈爆炸，引致6人死亡、1042人受伤。香港以罕见的人群践踏事故开年，酿成21死62伤。

年中，传奇乐队Beyond歌手黄家驹出席日本电视台节目时失足堕台，经救治返魂乏术，死讯轰动，出殡时数千人在烈日下追逐灵车。

年底，电影《青蛇》首映。Lawrence出生于香港，次年他在码头做工的父亲遇难去世，留下两个孤儿和一个做保洁的寡母，还有常年瘫痪在床的外祖母需要照料，这个家眼看就要破碎了。在葬礼之上，父亲的世交、台湾政客谢先生前来奔丧，并拿出遗嘱，将年幼的遗孤Lawrence带走抚养，后辗转又移民去了美国。哥哥阿Ray随母亲在港生活。

截止到2001年2月2日，全球确认感染珀斯休曼病例已达87565人，其中2990人病逝。

年初，年仅八岁的Lawrence跟随养父谢先生观看香港电影《花样年华》纽约首映。习惯了好莱坞英雄救世大片的他当下观影感受是：即便坐在黄金位置，却连人脸都看不清，讲话还都这么慢！上面的人到底在干什么？

但临近影片尾声，Lawrence竟在余光之中看到旁边谢先生摘下眼镜，暗自拭泪——谢先生向来稳重自持，很少在养子面前流露感情，这几乎是第一次见到他的眼泪！仿佛撞破了什么不可告人的事情，Lawrence赶紧掉转头，假装专注望向银幕。

此后尚不知事的他开始到处翻资料，追看王家卫所导的系列影片，想知道在光影斑驳、节奏缓慢的剧集之中，究竟藏着什么秘密。次年，谢先生开始带Lawrence前往"造心"实验室，让他躺上冰冷的病床，由科学家插上各种导流针管和机械吸囊，仿佛砧板上待宰的鲛鱼，成为人体试验品。

依照谢先生的说法，数十年前出现了变异人，体内基因机制产生非预期、不受控制的流动。变异人形态与常人无异，唯一差别在于没有心，取而代之是控制神经和全身系统的芯片——想让此人长出什么样子、什么记忆，输入程序代码一应执行。知情人员组成秘密组织，谢先生与Lawrence父亲都在其中，做工人只是隐藏身份。但此事复杂，组织内部派系混乱，谢先生潜入政坛以思想教化的方式改造，Lawrence父亲则带领技术团队，发明了造出真心的法子，可惜因爆炸事故整个团队殉亡。

变异人的出现跟基因相关，造心之术也靠基因编码，谢先生得知后猜测这项能力由掌握者的身体遗传，临死前托孤Lawrence，可能是将技术传给了他，所以带走Lawrence悉心培养、以备测验。

2001年年底，纽约世界贸易中心"9·11"事件爆发，遇难者高达2996人。一个月后美国总统乔治·布什宣布对阿富汗发动军事行动，造出"反恐战争"一词。

香港经历自1997年亚洲金融危机之后的又一严峻挑战，经济增长回落。

截止到2010年7月，全球感染珀斯休曼的确诊病例超过50万例，据统计数据，目前已经导致全球22290多人丧生。

"阿拉伯之春"爆发，起义蔓延。香港楼价飙升，呎价屡创新高，市民埋怨置业难，政府推出"置安心"计划，但毁誉参半，多项压抑楼市措施引起争议。

内地生宋思文、赵宁来港高校就读。Lawrence从未谋面的同胞哥哥阿Ray从香港职业高中毕业，开始边打工边照顾母亲、外祖母和目前大学二年级的女友Emily，辗转找到地铁站夜间咨询台的服务工作，白天兼职导游。

Lawrence被安排在美国高中读书。已经十七岁的他瘦高个，平日习惯穿西装，偶尔偷抽谢先生的雪茄，私下跟同学玩得州扑克，不亦乐乎。生活当中唯一烦恼是因为黄皮肤的身份常被排挤，更在争取团体领袖和追女朋友方面受到影响。因此他只好比别人更加谈吐高雅、更加出手阔绰，并尽量跟学校的中国留学生撇清关系，装作不会说几句中文、不认识几个中国人。不过这些行径要小心不让养父得知——十岁那年他在学校公开宣称自己不是中国人，被谢先生抓回狠狠暴揍一顿，并罚跪整晚。

这年暑假，在无数次被推上手术台以试验疫苗属性仍然无果之后，谢先生勒令百般不情愿的

Lawrence回香港探亲。尽管告知变异人内幕，但由于上个寒假碰巧撞破了科研实验室后的秘密会议，他猜这种说辞只是幌子。然而此后他被防范得愈发严密，背后隐情尚未查到。

在香港，Lawrence第一次见到住在狭小破败公屋里的生母和哥哥阿Ray —— 刚走进去的时候他就忍不住掏出手帕巾掩住口鼻，世上竟有地方这么脏？能住人吗？竟然还是他的老家！

整个屋子加起来都没有美国豪宅的洗手间大，乌七八糟的垃圾堆在黑漆漆餐桌上。生母热情地让座，但他缩在角落不敢动弹，被古怪的霉味熏得头晕，转头看到沙发上沾着呕吐物颜色，不干不净的餐具令人反胃。可怕的是，他们竟然说这样的居住环境已经不错，隔壁的"划房"一家人是在马桶旁炒菜，在厕所里煮饭！最受不了的还是生母拥上来拥抱时的过量眼泪，以及阿Ray那充满嫉妒与恶意的复杂眼神，简直让Lawrence怕得发抖。

但这样的害怕，他在饱受霸凌的小时候早已习惯。于是他推了推彰显时尚的黑框眼镜，熟练地抬高下巴，用眼角余光扫向母亲和阿Ray，仿佛望着一堆垃圾 —— 这些"亲人"确实如同陋屋一样，在他看来都是垃圾 —— 而后如愿见到"亲人"露出受伤的神情。

这趟"认亲之旅"最糟糕的部分就是认亲，其他都很好：住在几十层高的酒店顶层，夜半步入天空酒吧，目览璀璨夜色 —— 没有谢先生管辖，比美国的生活还要自在。而这当中最好的部分在于：Lawrence察觉只要自己甩出流利英文，并且声称来自北美，甚至有时都不用埋单，就能轻松收获在场几乎所有女生的钦慕目光 —— 可比在美国时候容易多了。

在这里，他轻而易举站到崇拜链顶端，每夜爽得飞起。只可惜所待时间尚短，没来得及探访老电影中灯光暧昧的金雀餐厅，以及邂逅一个身着旗袍的东方神秘女子，留下些许遗憾。

截止到2017年12月23日24时，全球感染珀斯休曼的人数近90万，死亡的总人数是43306。

一列长岛铁路旅客列车在纽约市大西洋航站楼与止冲挡发生碰撞，造成103人受伤。美海军"菲茨杰拉德"号驱逐舰与一艘挂菲律宾国旗的货轮ACX Crystal在日本附近海域相撞，七名船员失踪。

林郑月娥经选举成为新一届香港特首，上台后表示致力于减少社会分化。香港恒生指数升逾十年高位，一度升穿三万点。

　　宋思文再度回港，改名宋别。

　　即将以名校法学硕士学历毕业的Lawrence二度到访香港。近年来，谢先生似乎放弃了计划，很少带Lawrence去实验室，也不再严加看管，而是安排他进入美国国际律师事务所香港办公室实习。由于上次访港的好印象，这次他配合遵从了安排——人人都在往上爬，一切以赚钱为主，赚到钱你就牛逼，赚不到钱就傻逼，此地的生存规则跟美国相似，让他倍感熟悉和安全。不过这里行的是左车道，有时疲累头脑不清楚的时候，他会不自觉开到右道上。

　　另一方面，工作是工作，娱乐是娱乐。每至深夜，Lawrence都会锦衣华服流连于中环各大party酒会。要知道，这个城市里只少数人有资格受邀这种高级聚会，一张入场券都价值不菲。"Lawrence来了！Lawrence来了！"他的身影一出现，就有人过来弯腰推门，殷勤招呼。Lawrence微微点头，回以假笑，只伸出手稍稍碰了对方指尖便即刻缩回，保持着合理的社交距离，而后稳步走到甜品台前（这里女宾聚集），倚着透明柜台，点起雪茄，吐出漂亮的烟圈。

"你好，我叫Amily，就职于汇丰银行公关部门。"

不时有人来搭话，这次来者是一位气质端庄的职场女性，得体的乳白套裙，一对珍珠耳环倒颇有灵气，于是他态度礼貌，多答了两句："I'm Lawrence from L.A.. Sorry，我的中文不太好。"如今他不似当年天真，谁贴上来都肯招呼。除了眼下的身份需要端架子，也因为心有隐疾——

五年前他终于破译谢先生的电脑密码，偷偷拷贝文件之后得知，"芯片人"只是编造出来哄哄外人的借口：改变基因便可使心变芯片？骗鬼都骗不过去呢！更何况控制神经系统的是脑子不是心，只要看过两篇科幻小说、有基本的科学常识的人，就会知道这个幌子完全违背科学基础。事实上真正流传的是一种更加可怕的病毒：珀斯休曼。

由于全球变暖，释放出了海底的多种微生物，其中一种进入人体内会分解并消融神经元——或称"挖心"，直至最后全部销毁神经系统，同时还生产特殊材质的高密度能量晶体，形成类似"芯片"的光学晶体。经实验发现，这种芯片结合人体基因改造技术影响神经系统的运转，相当于运用光计算的"仿真脑"。之所以要做隐瞒，是因为这种微生物通过悬浮气体介质的固态或液态颗粒"气溶胶"潜伏和传播，密切接触者很易传染，一旦公布于世，必将人心大乱，祸事频至。

研究到的这一层虽未对外公示，但谢先生举凡出行都要戴口罩，尽量减少去人群聚集地，而且严令部下、家人也是如此。唯一一个特例，谢先生认为Lawrence不必防范，因为他就是"疫苗"，不可能被传染——据说Lawrence身上遗传的特种微生物，结合珀斯休曼的细胞样本，进入体内可以迅速击碎"光学晶体"，并启动原有的神经元和神经系统。

如此一来，Lawrence虽仍热衷于交际聚会，但多多少少受到影响，逐渐反感亲密肢体接触——当然，除了极为特殊的情况。

思绪回到明亮的灯盏下，Lawrence立于人群中央，食指与中指夹住高脚杯轻轻摇晃，看红酒在杯中旋转的轨迹，面上摆出百无聊赖的样子，口中流畅地淌出一套话术："我刚来HK就被father安排进了国际律所，唉，真没办法！毕竟这是全港1%的顶尖人才汇集的地方，所以交友圈受限，只能认识最顶尖1%的精英。所以偶尔来参加party，就当多交一些friends了。"

一般心机的女生听完这话无不露出倾慕，岂料那Amily面色怪异地举了举杯，却不接话，只回以矜持的笑。

看来有几分骄傲，大概是个小镇做题家来的。Lawrence正在转脑筋，这时旁边凑过来一个救星 —— 他清晰看到那个身披风褛的女仔眼放金光，发出啧啧称赞："哗，真是太厉害了！我想认识还认识不到这样的精英呢！"

Amily只得无奈地揽过此女介绍道："这是Emily，我的大学室友，香港人。带她出来见见世面，哈哈。"说完干笑两声，试图缓解尴尬。

你想装作骄矜，还不是露出马脚？Lawrence心中得意，语气也轻快起来："跟我多玩玩，到时候带你们交往。"

"好啊好啊，讲定了！"Emily不出意外欢呼起来，就连Amily面上也浮现暖意，投来的眼神中多了几分渴望。

他见过太多美人，怀抱过更多，最爽不是温香软玉，而是看到她们露出这样羡慕的眼神，便心中生起得逞之感 —— 好像望见多年前一个怯懦的自己，也曾这样无力而羡慕地望着校园里霸凌的白人学长。思绪游走，他感到一阵畅快。

"加个脸书吧！"那厢Emily还在走着勾搭的流程，Lawrence忍不住轻蔑一笑，又装作若无其事地掏出手机。输入各自姓名，一阵操作过后，只见Emily望见屏幕上共同好友的头像，雀跃的声音忽然低沉下去，喃喃道："咦，你认识阿Ray……"

Lawrence犹疑片刻，仿佛艰难地咽下一只大头苍蝇："这是我哥……"他原本不愿多谈，根本懒得问对方为何也认识，只想赶快转移话题。却没料到Amily在旁盈盈而笑，双手轻巧一拍："哎呀真巧了！阿Ray正是Emily的男朋友呢！"

截止到2017年12月24日24时，全球感染珀斯休曼的人数逼近125万，死亡的总人数是69057。

香港楼价高企，连续七年蝉联全球最难负担城市。美国物业顾问机构的调查显示，香港楼价与家庭入息比例为18.1倍，即要不吃不喝18年才可置业。楼价高企同时，贫穷人口亦不断增加，政府11月公布香港贫穷情况报告，指2016年全港贫穷人口有135.2万，贫穷率19.9%，平均每五个港人，就有一个穷人，是自2009年以来创纪录新高。

再次见到住在公屋的生母和哥哥，Lawrence已经可以不动声色坐在沾满污垢的沙发上（只半瓣屁股），强迫自己跟他们一样吞咽肮脏的食物（来之前先吃饱填腹），忍耐恶心的同时还能记得遵循餐桌礼仪不发出响声。但阿Ray吸面的咂嘴声实在太过刺耳，令他想起前夜Emily的抱怨，实在忍不住出言提醒："用餐不可发出声，你知道这是最基础的餐桌礼仪吗？"

阿Ray含着满嘴面条，把筷子往桌上一甩："不知！我是下等人！"

Lawrence耸了耸肩，竭力不把嫌弃写在脸上："Emily昨晚跟我倾诉委屈，说有次你陪她听歌剧，中途却睡着了，这便是不懂礼节……"

"你怎么认识我女友的？"阿Ray一脚踢翻椅子，站起来朝他大吼。

母亲惊恐地过来想拉，眼泪都快掉出来了："Ray仔好好讲话！"

Lawrence为保持姿态仍然目不斜视、坐得笔直，心中念头不禁从惋惜转为同情——这群人难道看不到自己的隐忍吗？为何还要咄咄相逼？可怜之人必有可恨之处啊。这样想着，他叹了口气。阿Ray却像被这声叹息再次刺激到，恨恨夺门而出。母亲想去追，又顾及小儿子难得回来一趟，终究还是留了下来。一分钟的尴尬寂静后，Lawrence想走，母亲抹着眼泪扯他的袖子："Ray仔还没回来，不会出什么事吧？"

Lawrence心中厌烦，一把甩开对方的手："这么大人了，能有什么事！"但见老妇满脸惶恐，绅士怎好这时候离开？他只得愤愤坐回沙发上，掏出包中的笔记本电脑，一头埋了进去。

又过了几个小时，待到门终于被打开，阿Ray臊眉耷眼走了进来，Lawrence抬眼，吐出一口气："早说不用担心……"不料话没说完，后面跟进来Lawrence的养父谢先生！这两人怎么凑到一块去了？没等他想明白，母亲围上阿Ray寒暄半天，但毫不理睬谢先生。

谢先生也不恼，缓步踱到Lawrence面前，伸手就是一巴掌！"哼，今天就要好好教你什么是亲情、什么是礼仪！给你哥哥道歉！"

"我又没发火，发火的明明是没有教养的哥哥！"

"你少跟我扯教养，我这辈子最错的事就是教养了你！"

"你这辈子做的错事多了！"要说从小到大，Lawrence被养父甩巴掌实在习惯，但当着外人的面这还是第一次。他惊愕而仇恨地盯着对方——我可是你的救世主，下次实验别怪我不配合！

"闭嘴，孽子！"谢先生脸色极是难看，反手又一巴掌，"跪下，道歉。不然你知道后果！"

Lawrence还想反抗，听到养父的威胁，却被一股无形力量控制住了，就要弯下半条腿。面对这幕，母亲心疼地直接扶起Lawrence，眼泪横飞朝谢先生大喊："这是我的儿子！你抢走了我儿子，还要这么对他！把儿子还给我！"

谢先生哼了一声，收敛了脾气，双手背到身后："今天暂且饶过你这个忘恩负义的兔崽子。"说完又转向阿Ray，面色变为温和，"好好考虑刚才我说的话，我还在香港待一段时间，你想通了随时联系。"

这二人达成什么交易？竟哄得养父对自己严厉责骂，还对阿Ray这么关心！什么亲情？什么孝义？我乃神瑛侍者，凭何要掉到泥泞里，跟这群乡巴佬混在一起！到底给了我什么，不就是一身的血吗，还过去就是了！

愤愤不满之中，谢先生前脚刚出门，Lawrence狠狠瞪了阿Ray一眼，转头便给Emily发去讯息，暗示对她有好感，只是碍于她有男友不便交往——那女仔昨晚那种倾慕的眼神他可见得多了，难道还能猜不到心思？

没过多久，果然阿Ray被分手，躲在屋内的阿Ray一边低三下四地哀求，一边低低地哭。这俩傻子，说什么信什么，倒是好骗。听到此处，他才感到心中略微平衡，昂然甩头离开。

夜尚未央，Lawrence看了看腕间电子表，打算再找地方消遣消遣。海风习习，他忽然不想打车，以手揣兜，徐徐步行往兰桂坊方向而去。

小时候所看的电影中，香港明明是个东方乌托邦，无论世界如何变迁，舞照跳，马照跑。然而待到亲临这里，走在大街上，却见每个人都穿得花枝招展，试图从人群中显露出来。但正因每个人都这么做，反而谁都显不出了，Amily、Emily在他眼中皆是如此——全都刻意得俗气。

走到铜锣湾的时候，拥挤碰撞的游人让他终于失去耐心，打算到时代广场底下的出租车位随便招辆车算了。半途路过高楼夹缝间的狭小巷道，他远远望见一个摇曳的身影 —— 她逆着人群走来，剪裁合身的旗袍衬出曼妙身姿，一条麻花辫子长及细腰，配着素色旗袍，在周围银灰色钢筋大厦中显得格格不入。

Lawrence脑中似乎有什么区块突然被启动，全身血液快速流淌，不由自主走上前去拦住了对方："这位姑娘（该称呼"姑娘"吗？），怎么称呼您（是叫"您"吗）？"

对方五官清秀，只略施薄妆便显得分外柔美，闻言歪头眨了眨眼："我叫简离，简绝的别离。"略带软糯口音的国语，听来娇俏似梁间飞燕。

简离，简离。Lawrence默念了两遍，唇齿留香，却忽然失去搭讪功力。我是美国华裔，硕士学位，手持绿卡，国际律所。他犹豫了，不敢将平时的介绍词说出口。"我叫Lawrence。很高兴认识你，简离小姐。"他只是这么说。

简离嘴角上扬："你的口音很特别。"

"抱歉我的中文不大好，因为我从小外国长大。"Lawrence欠了欠身，感觉自己像是梁朝伟一般的绅士附体。

"那你大概没有听过昆曲吧？"对方自然地接了下去，咯咯笑起来，"你也一定猜不到，我是昆曲演员呢。"

进展竟然意想不到地顺畅，Lawrence不再磕巴，心中也扬帆鼓气："真的没有猜到。但我很想捧场您的演出！"

"后天在尖沙咀就有一场我们剧团的戏。"简离明丽的神色一凛，眸中掠过一缕黯然，但很快又重新亮起，"可惜并非我登台。"

"哎呀，那太可惜了。"

"还是欢迎你来，值得一看！"

"Wow，我可以请你代买两张票吗？"Lawrence说着拿出钱包。

简离推了回去："我虽不是香港人，但毕竟同在东方，你来自西方，我也算是半个东道主了。而且看的是昆曲，当然我请你！"

Lawrence听闻也露出笑意："受之有愧。那今晚有幸请您坐坐吗？我在中环工作，熟悉那边几间特色酒吧。"要是一般勾女，他定会说高档酒吧，但面对简离，把定语改作了"特色"。

简离理了理随风扬起的丝巾，浅笑："兰桂坊吗？我熟得很呢。"

待看到这江南女子是如何流利地点单选座、倒酒加冰块、跟老板招呼、在舞池翩翩一番、顺道随手投掷飞镖正中靶心，Lawrence才明白什么叫作熟稔。一屁股坐进软质沙发上，被安排妥当的竟是自己，他舔嘴，满腔的话不知该从何问起，挑了个最近的："听你刚才点酒，会说粤语？"

简离边饮边道："自小看港剧，粤语跟我们唱戏的腔调也像，能说几句。不过我一般不说，给香港人留多一些练习普通话的机会嘛。"

"哦？一般学习语言重在开口，我认识的港漂都要找练习粤语的机会，你怎么反过来？"

"因为我不要为自己的需求考虑，而为对方考虑呀。"

少见这么不好搞的小妞。Lawrence苦笑，顿觉无力："看不出你经常来这里。"

简离却似了然一般梳理自己的长发："我是吟游诗人，便要游走四野，传唱故事也收集故事。酒馆，是故事最多的地方呢。"

Lawrence在脑中飞速思索，可惜他从未认真修过文学系的课："你的意思是，你不只是演员，还要写剧本？"

"在剧团里，我只是演员。"简离嫣然解释道，"传唱故事指的是……情感！应该这么说：收集和播撒情感，感知和体验这个世界。既是场外之人，评点戏中人事；又是场内之人，展现当年世事。"

这段对话的信息量超出了求欢的纲要范围，Lawrence 干笑两声。他想起养父研究的珀斯休曼，正是以摧毁人类情感神经为目的，应该建议她少到人群聚集地。但这样解释起来太过复杂，一旦出口，对方大概以为自己是失心疯——

"你觉得我说的话是失心疯了吧！"不料简离却悠悠发声，举起第二杯酒再饮而尽，"不说了，喝酒！"

Lawrence 下意识跟着碰杯。烈酒入口的那刻，他方才猛然惊醒：管对方说什么呢，按自己套路来！他的多年套路：第一杯酒谈发展近况，第二杯酒聊人生理想，第三杯酒就可以上手了。一念至此，艺高人胆大起来，他主动再去点两杯酒，然后双眼直勾勾盯住女伴，力图营造气氛，手指若有似无地往前移动而去……没等手指爬到女子那纤细的手前，简离却忽然抬手，捋了捋鬓边额发："你没听过昆曲，想试试吗？"

"Now？"Lawrence 面露难色，望了望四周的人声鼎沸，"不是明天演出吗？这里的音乐好嘈杂……"

简离掩面轻笑："明天不是我唱。"

Lawrence脑筋一转，才反应过来："Oh请！太有幸了！"

"今日且诵念白吧。"简离咳一声，闭眼凝神，沉着嗓子摆起架势：

痴虫啊痴虫

你看那皇城墙倒宫塌，蒿莱遍野

这秦淮，长桥已无片板，旧院瓦砾满地，萧条村郭，只几个乞儿饿殍

你道国在哪里？家在哪里？君在哪里？父在哪里？

偏是这点花月情根，就割他不断么？[1]

昆曲的中州韵念白本就不是普通话，更兼简离故意将声线放得低，仿老生腔调，在周遭一片欢腾音响与旋转射灯之下，自有凄凄惨惨的味道，第一次聆听的Lawrence没懂也是难怪。可他却被那股神秘的气场所慑，大脑受了冲击一般阵阵刺痛，冷汗淋漓，待到简离收声、睁眼、回到现世，他仍然揉着太阳穴，死死被定在那里。怎么回事？自己明明是疫苗，神经系统不应混乱，但这感觉又莫名有些熟悉。

一 孔尚任：桃花扇。

简离拍了拍他，引颈喝干第三杯酒，打算起身。

Lawrence这才回过神来，如梦忽醒，忍耐着头痛，还想完成勾搭的最后一步骤："您唱得真是太好了！简离小姐喝多了吗，时间晚了，要不要我送你回家……"

"明日见。"尚未说完的话被遽然截住。

截止到2017年12月25日24时，全球感染珀斯休曼的人数已经超过176万，累计死亡108281例。

难得一个夜晚，虽然是圣诞夜独自一人，但他心里面装了沉甸甸的份额，居然睡得踏实。

次日下午见到简离，她身上不再是昨晚的旗袍，而是换了一套棉布长裙，又在纤细的脖颈间系一条嫩黄丝巾，逆着阳光朝Lawrence走来。暖光打在Lawrence脸上，钻进身体里，好像体内什么地方在被文火灼烧，他扭了扭背试图刺挠。"我们要看的是什么剧？"他主动牵起话头，想借此分散身上不适的注意力。

"四大名剧之一《桃花扇》，讲的是明朝末年南京事。借离合之情，写兴亡之感。"

"噢，平日我只忙些银行融资啊基金管理的，跟着你真是长知识呢！"Lawrence 习惯性的赞美流出，但简离只呵呵笑，未置可否。

来到剧场外，简离轻快地跟门口工作人员打招呼，看上去都是熟稔已久。Lawrence 原本以为，在港岛制服革履的人群中身披旗袍走来的简离乃是唯一天赐之子（就像他自己是救世之主一样），却没想到，在这剧场内外竟出现了许许多多旧式打扮的人，个个身着复古服饰、梳着油头、挂着手杖、竖起云鬓，像刚从老电影走出。他们眼角眉梢间似在说话，又似心无旁骛，释放出一股旋转的魔力。

Lawrence 甩甩脑袋，觉得自己又开始头晕了。"进去吧。"简离像是看出了什么，却不戳穿。

幕暗下来，灯光开场那刻，Lawrence 突然想起八岁那年第一次看《花样年华》的记忆。开场，几个俊俏的白面小生吟唱一番以后，迎来十数位莺莺燕燕的古典美女莲步而出，排成一行，甚是赏心悦目。至此 Lawrence 才坐直身子，打起几分兴趣。

随着故事发展，男女主角不出意外地坠入爱河，又遇战事纷飞、恶人登场、抢婚撞柱……如此充满套路而进展缓慢的剧情，叫他闷得哈欠不断 —— 任何一个人物，只要根据出场装扮和神色就能分出善恶，这让习惯了后现代的Lawrence实在忍不住心生疲倦，但待到中场休息时，他还是做出一副彬彬有礼的姿态表示赞扬，声称自己被精妙的唱词和浓郁的古典主义深深打动："新婚夜那段戏真美好啊！"

"那不是新婚。"谁料简离冷冷回道，"是青楼梳拢。"

"什么意思？"这个词再一次超出了Lawrence的知识范围。

"妓女开苞。"见着Lawrence脸上露出惊诧，简离终于狡黠地笑了，"李香君就是鼎鼎有名的'秦淮八艳'，你不会不知道吧？"

灯光暗，剧幕再度拉开 —— 且往后看，离合悲欢，国亡了，家破了，人散了……男女主角是正经成婚也好，露水姻缘也罢，毕竟失散多年，好不容易熬到结尾处二人重逢，是国也没了，家也没了，只剩彼此抱在一起，结果一个老道士却跳将出来，叫他们出家，不准谈恋爱："你道国在哪里？家在哪里？君在哪里？父在哪里？偏是这点花月情根，就割他不断么？"又被残忍分开。

Lawrence 看到此处觉得简直没有人性，但听完老道士这段话，便也是"冷汗淋漓"。曾经的热闹喧哗与爱与痴尽皆散去，化为杂草丛生，台上唱出这句词的时候，哪怕是 Lawrence 都感到心中为之一颤。

将近三个小时的演出终于结束，灯光乍然亮起，二人回过神来，挤入嘈杂的人流缓慢离场。Lawrence 心事澎湃，似有千言万语，更有千头万绪，最有千情万意，不知与何人说。他转头望向简离，双目炯炯射出精光："今晚，你有约吗？"

简离远远在跟另一位剧团同僚打招呼，闻言扭过身来，唇边似含着什么秘密："你待如何？"

两人步子快，已经走出剧场，来到星光大道。Lawrence 望着遥远的海风，居然哼出方才戏中春宵夜的一段词："春情无限，野草生香，今宵灯影纱红透。"

简离冰雪心思，哪里会听不懂："这不是一个简单的邀请，你确定要这么快？"

"从来都是这么简单，从来都是这么快的。"Lawrence 忽然觉得直白释放心里话也很爽，"你是那么不特别，因此而特别。"勾女的时候难得直抒胸臆，他自己都感到诧异。如何能说出这样的话？果然是受了熏陶。

"哦？那么你还有很多不特别的女友吗？"

Lawrence悲哀地发现自己此刻无法撒谎：
"有，很多。"

"所以，你从不知道何为爱情的忠贞？"

"陈词滥调！世间所有一切皆可分享，只要懂
得如何平衡。"

"强词夺理！这不过是掩盖欲望的借口。"

"欲望怎么了？欲望是人类的常态！何况我多金
又帅，魅力四射，只给一个女生岂不太可惜，广结
善缘才是对世界的友爱。我好同情你，来这世上活
一遭，只爱过一个人，吻过一张唇，睡过……"

"够了打住，再说就过不了审了！自古至今都
是一夫一妻，你不知道吗？"

"是什么束缚住了你？"居然换他逼问，"世俗
的伦理还是道德的枷锁？"

她突然很倦，一直进攻的对方，居然成了攻击
自己的剑。

他再接再厉："但你想想，人有各种各样的个
性，活泼的沉静的，强势的柔弱的，长得更是千模
百样，就说星座都有十几个，你不都尝一遍就算
了，居然只试过一个。你自己也说，人生的意义在

于感受和体验，到头来只有一个，简直少了多少人生体验？何况你自己不体验就算了，还不允许别人体验，剥夺他人的权利，是不是过分？"

"你……是不是脑子有病，身体也有病，这么下去不怕过劳死吗？"

"Fine. 跟你这么封建迷信的人我没法说。人总是要死的，不是这么死，就是那么死。你搞艺术的难道不知道，老规矩就是要被打破，人活着不为这些，还为什么？难道是真爱吗？这年头还要等什么真爱吗？"

面对这样一句质问，简离居然没了一开始的理直气壮，反而住口哑然，再开口却是一句戏腔，似乎在哪儿听过："痴虫啊痴虫！偏是这点花月情根，就割他不断么？"

明明辩论占了上风，此刻Lawrence愣了一愣，竟冒出一滴冷汗："什么？"

简离莞尔："戏本上的唱词。"

果然戏痴。Lawrence心中暗想，表面还是做出激赏模样，双手做作地轻拍："厉害啊厉害，简离小姐，果然说是戏中人，就是戏中人！"

忽而一阵铃声响起，是非常老式的那种"叮叮咚咚"。简离打开背包掏出一个翻盖手机，接通电话:"什么!在哪里?……好的,我就在旁边,我现在过去!"关上翻盖,她一洗方才的暧昧,眉间蹙出哀愁,简单交代了几句:"警察打来电话,说我前日所见的一位朋友在维港跳海自杀,我得赶去看看。"说完转身就要离开。

"这样离谱的理由?"Lawrence拉住她的胳膊,"你不觉得编得太可笑了吗!"

"对不起,然而这是事实。"简离抽出手臂,再一次将自己黄丝巾围上,走出两步,想起什么又回头朝他挥了挥手,"再见。祝你好运。"

这是怎样敷衍而荒唐的告别啊!

Lawrence兀自立在寒风中,感觉到自己全身血液倒流,蓬勃的情感冲击着神经中枢,几乎要爆裂开来。他忽然想起,这感觉就跟小时候躺在谢先生实验台上的时候一样。难道免疫期已经过了?他急迫想找人倾诉、发泄,掏出雪茄猛吸两口,翻了翻最近的聊天记录,随意编写一条邀约的讯息,复制粘贴,同时发给Amily和Emily。

果然很快收到Emily答允见面的回复,于是他熄灭雪茄,开始往兰桂坊的方向动身。临走前,他瞟了一眼路的尽头,发觉星光大道前方被显眼的绿色路障围起来,正在进行某种修建。十分钟后,

Amily 也回复了："感谢邀请，抱歉今晚身体不适，改日再聚！"

银河渺渺谁架桥，墙高更比天际高。书难捎。

不知怎的，方才戏班的唱词又萦绕在耳畔。今日真是奇了怪了，难不成撞着鬼了？Lawrence 甩了甩脑袋想着，嘴角带出歪斜的讥讽，迈步沿着原路继续走了下去。

2017 年年底，屯门小学发生欺凌事件，7 岁男生遭同学欺凌多月，包括小息时被打脸、铅笔插耳令擦胶留在耳孔及手指插左眼。家长向校方投诉不果，上告教育局及带儿子求诊。其擦胶因留在耳道逾一周发炎，需做麻醉手术取出。

一名 48 岁妇人与友人在飞鹅山远足时路经地势险要的岩壁"自杀崖"，疑踩碎石崴脚，飞堕山崖，重伤不治。这是 4 天内第二宗行山堕崖夺命惨剧。

一名 23 岁男子偕女友及友人于昂船洲货柜码头驾驶机车，至八号货柜时撞向一辆正掉头、香港电台租用的密斗货车，男司机初时仍清醒，急送至玛嘉烈医院后不治。车祸现场香港电台巧合地正进行机车意外的励志剧。这是5天内第二宗致命交通意外。

翌年印尼发生强震及海啸，造成2073人遇难、680人失踪、1.07万人受伤，12月又发生海啸，431人遇难。

赵宁拿到香港永居身份证。

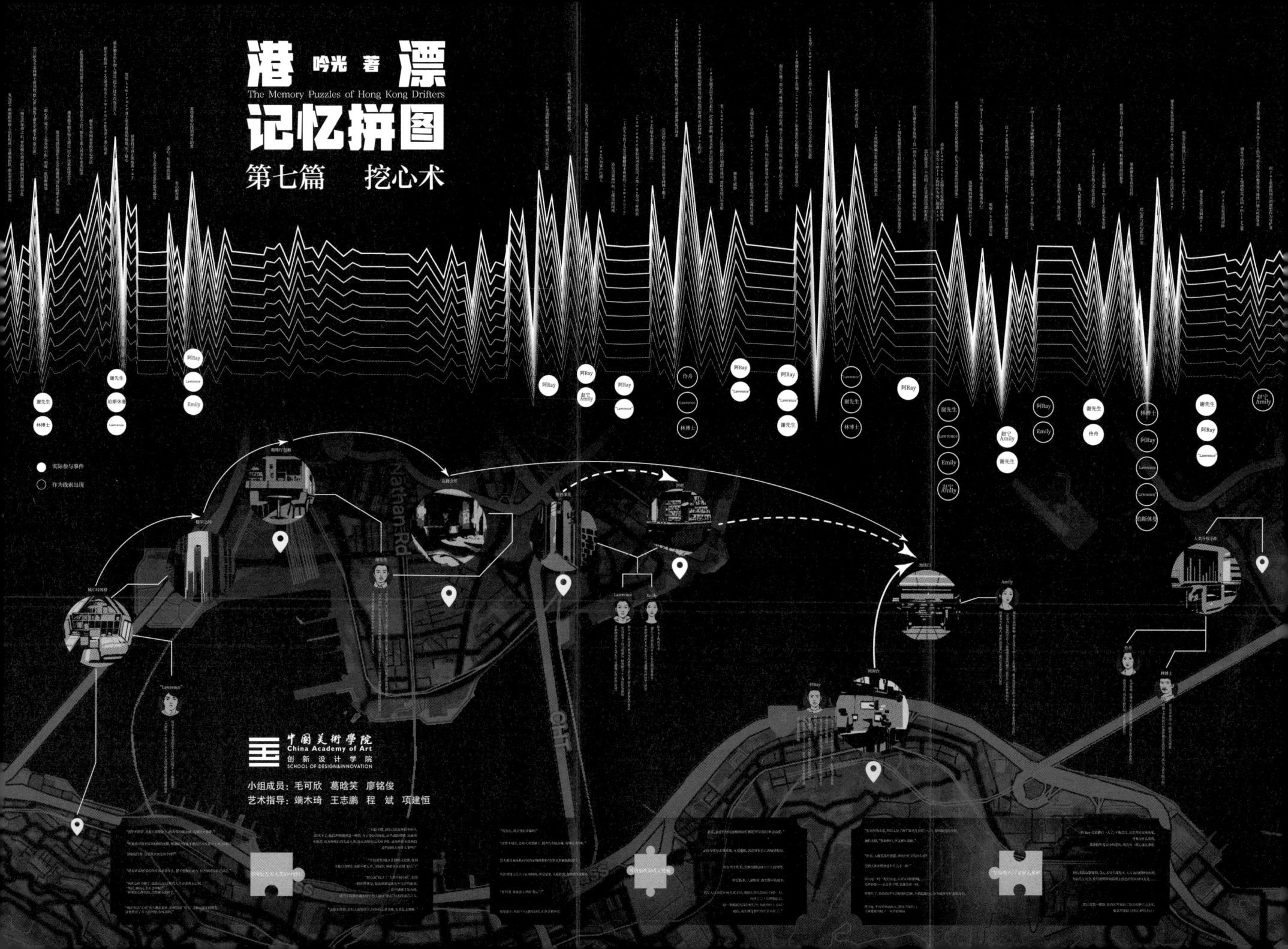

港漂记忆拼图

吟光 著

The Memory Puzzles of Hong Kong Drifters

第七篇　挖心术

实际参与事件
作为线索出现

Nathan Rd

阿Ray　谢先生　林博士　伯斯休恩　Lawrence　Emily　伶舟　赵宁

中国美术学院
China Academy of Art
创新设计学院
SCHOOL OF DESIGN&INNOVATION

小组成员：毛可欣　葛晗笑　廖铭俊
艺术指导：端木琦　王志鹏　程斌　项建恒

第七篇
挖心术（POV：阿Ray——下）

> 为什么爱来的时候，恐惧也一同到来？

"没有心，就会比较幸福吗？"

"我生来没心，怎么知道有心的感觉！你想知道，不如挖掉试试。"

他顿了顿，露出一个凄然的笑。

"挖心如此费事，还要动用巨型机械，不如我就地给你造颗心吧。"

她吓得瑟然一抖，摆手道："别别，我不要！那是人类进化未完全的低等器官，千万别来毒害我！况且你知道，无论做什么我都不会爱你的！"

满地尘土飞扬，翻滚不息几要盖住天光。黄沙弥漫起来的时候，仿佛一个文明归回母体重塑。"我知道，很久之前就知道了。但我还是不死心。"他向她伸出手，掌中暗含一枚细小的基因修改仪器，说得又无力又坚定，"你看，这就是有心的苦楚：不生不息，也不死不灭。"

1 他的心里有个洞。

坐在地铁站问询台，如同整座城市的圆心，随时可以打开一块新的域界。

人流汇集，黑色闸口是分割线，进闸的神形匆忙，追逐着无谓的前方；出闸的面目茫然，已在月台挤光所有气力。十点钟以后，人流稀少下来，惨白的灯光直直打到地面。他这才敛起身后的一对透明羽翼，睁开眼看向城市。

那女孩又来了。两年之内，他曾眼见她在地铁站与人相遇、拥吻、争吵、甩手离去、背墙痛哭，然后擦干眼泪像什么没发生过，再没笑意地走来走去。

"嘟"一声刷卡，出闸。女孩低头边看手机边快速奔走，跟每个路人一样 —— 接着果然"砰"地撞上柱子。她揉揉额头，换个方向继续走了出去。他暗中偷笑。在窥探的视角，多少遍都是这样重复，像每晚循环播放的碟片。

"帮忙找五块零钱。"

"洗手间在哪儿？"

"交通卡怎么充值？"

"附近有什么景点？"

每天人来人往这些问题，他一一作答，尽着解惑者的职责。只是从没人问过解惑者的真正难题。除了她。然而她的问题，他至今无法作答。

为什么爱来的时候，恐惧也一同到来？

两点钟，结束营业的广播循环放了几遍，直至电闸拉下，地铁站陷入一片黑暗。他锁紧问询台的入口，看了眼腕上的表针。他是城市的交通轴，交通下班的时候他才会下班，但他下班了该搭乘什么交通呢？

走出地铁口，正对的楼宇外墙是一面反光玻璃，像镜子立在那里，让过路行人无法不正视自己。但他避开眼不看，习惯性地拉起风帽，四顾无人，便纵身跃起，如夜行侠踏着高楼穿行而过。俯视众生芸芸，那些疾步行走的人群，全都双眼失神、目空一切，蟑螂般远置于楼角。随着银色钢筋不断变幻，仿佛一节节跳格子，是他习惯的视角。他如今能飞了，真如乘风行云，像蜻蜓点水，但他得到自由了吗？

市中心的高楼虽多，实际排列得狭小而拥挤。他步子快，很快来到边郊的城中村。掏出记事簿对地图研究许久，歪歪扭扭地，终于叫他找到七楼顶的阁楼。站在掉漆的木门前，他吸了口气，伸手敲门。

2

开门的是个二十出头的小伙子。头发乱糟糟，眼睛要睁不睁，看样子刚从床上爬起。倾斜而下的屋顶将房间分割成三角状，局促得只摆下一张木板床，生存状况一目了然 —— 他收回视线："是珀斯休曼吗？终于找到你了。"

"你谁啊，干什么？"对方显然没料到有访客，一脸诧异。

"不用知道我是谁，你只要知道，我是你的客户代理人。"他放下风帽，扭了扭僵硬的脖子，"能进去说吗？"

由于不适应阁楼的高度，他一进去就撞到头 —— 屋里乱七八糟堆满行李，连转身的余地都没有，只好直接坐床上。

"我不叫珀斯休曼，我叫Lawrence。"

闻言他整个人一震，正眼打量对方一番，却不能从那张胖胖的脸上看到弟弟的任何痕迹。曾经，他的弟弟是那样文雅精明，穿得也总是一尘不染，但面前站的这位简直像个流浪汉。"你叫……Lawrence？"他试探地问。找到这个地方，也是从小道买来的消息，他不确定有没有找对人。

"是啊，伶舟组长告诉我的名字。我不懂你说的什么意思，但我知道我叫Lawrence。"年轻的珀斯休曼看着他，姿态冰冷。

伶舟组长是谁？如今挖心派不是林博士做主了吗？大概是个执行命令的小卒吧，阿Ray向来不关心组织的架构，但看出面前这是一个有态度的珀斯休曼，那几乎是未来世界避免沉沦的唯一钥匙，而此刻他更需要的，是对方的能力。"好，那就直话直说。我知道你掌握控制特种生物病毒的能力，可以加速去除心房的进程。我给你介绍任务对象，你可以要求付费或其他什么，以改善……"他望了一眼四周，"生活，或是其他。"

Lawrence愣在那里，半晌才回话："介绍对象？我从来都听从安排，任何不按计划的行动都不被允许。更何况，谁愿意主动被'挖心'？"

"这你不用管，总有人需要放下。因为有心就会痛，有情比无情难。"他说着，暗叹了口气，"你其实可以不听从组织的安排，知道吗？你懂不懂自己不仅是个工具，活着只为完成任务，还是独立自主的个体？"

"什么？"Lawrence眼里透出一股厌烦的茫然，显然，这是个尚未觉醒的珀斯休曼。

珀斯休曼没有心，只有一枚控制神经和全身系统的芯片。但他们总有——"总有诉求吧？你的生存诉求是什么,想不想拥有实力,有些事可以自己决定。"他并没兴趣改造珀斯休曼,那是谢先生所做的事,但习惯总难免提及。

Lawrence好像记起了什么,不安地搓手,看了看腕上的手表。

"你没有执行组织安排的最近一次任务,就要受到追杀了。现在听我的,教你不被发现的方法。"

Lawrence猛然抬头,脸上全是不可思议:"你怎么知道?"

他暗笑,就要成功了。刚想拉起对方出门,突然望见窗外的背影。

是他!

"Lawrence，在跟这个人废话三分钟以后，你现在只剩五十秒。"谢先生面戴白色口罩，话语轻柔，声音里却有股可怖的寒意，"你可以立刻挖你朋友的心，也可以去帮这位男士，但结果一样都将被追杀。"

"不会的！我有一组代码能隐蔽任务值！"他急了，再给这人拖下去，即便用上瞬移也来不及了。

"那种暂时性插入的病毒，你以为组织早晚看不出吗？三十秒。"

"你——"他知道这家伙势必要搅黄自己的事了，气得转身就走，临走前又被门框狠狠撞了下头，边揉边朝屋内大吼，"你有本事，看你拿什么救他！"

好吧，毕竟在组织里混迹多年，老奸巨猾的谢先生手头拥有的信息自然比他多。想当年，自己的本事还是从对方那里学来，更一度被骗得团团转！他从楼顶一跃而下，顺势踢倒了途中半倾不斜的晾衣竿，气还没消。

"珀斯休曼"通过人际交往潜伏和传播，为了应对，发觉这个机密的科研人员们组成一支秘密团队，谢先生曾是其中领袖。然而前些年一场无声革命之后，掌控核心技术的组织内部出现分化，芯片研究专家林博士带领的"挖心派"战胜了谢先生麾下的"造心派"。"挖心派"成立了"人类升级小组",招揽一批珀斯休曼,提出情感是进化不完全的遗留,没有情感才更加高级,致力于将越来越多的生物人通过"挖心"技术改成芯片人。

夜晚一切都是黑的了,黑的天,黑的地,黑的人影,黑的道路,除了通明的高楼,和楼宇之间暗藏污垢的街巷。记忆中那女孩的脸仿佛就在眼前,一会儿清晰,一会儿模糊。

他甩了甩头,打消杂念,步履飞快走起,要赶在那人追来之前逃开。可是没走三刻,谢先生果然从前面的岔道出现。"我知道你肯定要试,你也知道我一定会拦。"谢先生看起来有点疲累,摘下口罩,动作迟缓。

"你如愿了。"他试图推开对方挤出一条路,"不管你怎么利用他,但别想打我的主意。"

"Lawrence是'挖心派'豢养的挖心工具,叫这个名字是故意用来恶心你我。Lawrence一直对命令服从无碍,直到这次发现任务对象是自己朋友。话说回来,阿Ray啊,你知道利用和合作的差别吗,就像承担和牺牲的差别?"

他紧皱眉头:"滚开,都是我不想知道的词。"

"现在相信'心病'的人越来越多，组织发起'挖心'之祸也越来越频繁，这世界出了多大的问题，你知道吗？"谢先生受到重创被驱逐出组织后，造心派被迫潜入地下。

"别说了，我也不想知道。"他转身要走。

"你让这位Lawrence出任务，是因为一个女孩吧。"谢先生突然说道。

"你少跟我提Lawrence这个名字！"他似乎终于被激怒了，情绪爆裂开来，"说来说去，那套所谓启蒙和造心的把戏，跟珀斯休曼的芯片其实一样，都是蒙蔽！这世上只有权力才实实在在，能握到的。"

谢先生轻叹了口气，垂下眼："阿Ray，你曾经不是这样想的啊。"

"所以被骗得惨，从一张网落入另一张网！"他不耐烦再多言语，罩上风帽，发力跃于楼宇之间而去。

"阿Ray，现在连你也相信挖心的好处了？既然如此，你该做的第一件事为什么不是挖去自己的心？"那人的声音落进虚空渐远渐弱，却死死打入他脑海。

是啊，为什么不呢？

4

那些记忆错综复杂又黑暗无边，在每一个噩梦里反复纠缠。早逝的父亲，软弱的母亲，看不起他的女友，盛气凌人的弟弟，片刻温暖却又很快化为死尸的宋生，教会他一切能力却又从始至终都在欺骗的谢先生……那些蔑视与嫌弃的眼神，热闹中凄清的泪光，至今未能言明的失去，哦对了，还有在期待中一次次被漠然被无视，更有亲眼看着爱人因自己而亡——他想造心，却碎了心；想得到爱，但失去很多爱。

直到他的心终于死去。

当年，谢先生跟他说：你生在都市，习惯了人情淡漠，深知"无心"造成的危害。如今组织已被邪恶力量攻占，正在谋划将所有人类挖心而处，拉入这等境遇，更可悲的，那些人甚至无法自明其境。而你，拥有阻止一切的能力——你愿意去阻止吗？

阿Ray信了，以为就可以活过来。无论如何，自以为投身某件辉煌的事业当中，总还算个人——这也是被谢先生洗脑过的想法。

他拥有了力量，还被推为这座浮城的救世主。仿佛身生双翼，就要守护城市与人群。那段记忆，在别人看来是光辉宏大的，但他在重压之下感到身心俱疲。世人值得他拯救吗？轮得到他拯救吗？有谁在意他拯救吗？

阿Ray唤醒一个个珀斯休曼，给他们造心，将他们送给谢先生，也看着他们拥有七情六欲、懂了苦辣酸甜，从此踏上不归路，被胸腔内熊熊燃烧的情绪波动搅得时刻难以安眠。然后呢？然后不过沦为谢先生掌权的工具 —— 被"理想"鞭策的奴隶，和被"权力"诱惑的奴隶，本质上又有什么差别？谢先生所辖的"造心"派，只是另一场宏大的帝国，子民是渴望情感的难民。

但情感究竟何益？

当知道弟弟Lawrence也是谢先生安插的珀斯休曼，甚至由生至死，从未有过个人意志 —— 那时候阿Ray就这样想了。无论爱过、恨过、争吵过、挑衅过，那毕竟是他的兄弟。

正如他无法放下曾经唯一的爱人Emily，那个声色俱厉的女子，只有他看得到她内里藏着的脆弱与无奈，是他灰暗生活的一丝寄托 —— 终究也成了祭品，以一场盛大的死亡来刺激阿Ray。

他学会了谢先生的本事，也学到了谢先生的为人。这是自己最愤恨的。

这些都能忍，为了生存，为了报复。直到后

来，终于教他得知另一个更加可怕的真相——可怕到他甚至至今不愿再去回忆！终于心如灰烬。从此以后，他不会再有爱人，什么都不再重要，因为最重要的已经结束了。他不想再当一个救世主，只想坐回地铁站问询台。

于是他成为"0231号"，给每一个过路者解惑答疑，带去最直接的帮助：耐心，微笑，善意，诚信满满。好评很快写满了意见栏，他被称作最恳切的工作人员，对任何人不说谎，只对自己的内心说谎。直到望见她。

她为什么与Emily长得那样相似，也那样用力激荡地爱着、恨着、蹦着、闹着、笑着、哭着，宛如当年的自己。一定又是谁设下的局吧。这回他要收藏好自己的心，不能再动了。

地铁站人不多的时候，阿Ray有时趴在孤独的工作台上做梦，梦见当年的记忆历历在目——挖心术的血腥爆裂，造心术的天崩地灭，大片血肉模糊的纠缠，火焰升上天空，苍穹被照得如同染上红色的银布闪闪发光……然后突然一睁眼，在现实里看到了那女孩朝自己走来。他忽然觉得，这颗心抑制不住了。

心还能动，人好像还活着。原来十年饮冰，难凉热血。

他想拒绝的，但是无法拒绝，就像她一样。为什么爱来的时候，恐惧也一同到来？那天她来到咨询台前，提出问题，脸上挂着泪痕，眼神扑闪，花了妆，灯光下美得像希腊神话里弹竖琴的少女。那一刻他通电般很快懂得，她心碎了，像他之前那样。

这句问话，说的不就是阿 Ray 自己吗？

他爱上一个心碎的女孩，不想拥有她，只想替她补心。

5

她走出地铁的时候，天色还没全黑。路口对面最高的建筑楼顶，某扇小窗正在打开。她确认一眼，扭头进了隔壁的咖啡厅，碰到门口悬挂的捕梦网叮当作响，她没有抬头，径直走向过道深处倒数第二排的包厢。推门，那位年过半百的政客正在那里等她。

闹市的街边门面总是狭小，即便包厢，两个人坐进去都挤得胳膊碰胳膊。空调倒足，虽然并不感到冷，但她保持习惯地披上了外套。谢先生叹了口气，开口："他爱上了你，但不愿靠近。计划失败了。"

"为什么?"女孩年轻的脸上满是不甘心，"我完全照你的吩咐去做的啊!"

"是的，每一步都精准按照程序设计好的来。"谢先生拿着勺子无意识敲击咖啡杯，"阿Ray果然会被你的生命力所打动，连心动都被我们算到了，这是没错的。但我没想到他内里脆弱，逃避信任，也逃避爱——爱上你，却不敢相信，不愿靠近。"

长久的沉默。她倒了杯咖啡，抿一口，超乎寻常地冷静："那么你们把我销毁吧，作为珀斯休曼，或者工具——管他什么的意义也不存在了。"

谢先生打量她一眼，颇为意外："我以为，你会去告诉阿Ray。"

"告诉阿Ray什么？因为父亲的原因，他天生遗传强大的造心能力，是唤醒珀斯休曼的利器，守护生物人的救世主。而我，则是造来唤醒他的编码，所有一切相逢都别有预谋？"她自嘲地笑了，"也许我现在能做的，就是永久消失，对他还有点冲击。"

谢先生沉默许久，忽而发声："你 —— 我只是问问 —— 如果你是生物人，愿意被挖心吗？"

"那不是阿Ray想为我做的吗，当他以为我是备受感情折磨的有心之人。你要圆他心愿？"

"所谓生物人，其实也是通过了过滤与集合的方式，调节、分配和接受那些对其产生影响的量子。但现在我们不谈阿Ray，只说你 —— 你想吗？"

她把头扭向一边，在冷气中裹紧自己的外套，像只受伤的小兽在思考："我 …… 你们把我打造成他前女友的模样，输入你们想要的记忆和生存目的。如今我还有选择权吗？"

她想起自己在阿Ray面前演过一幕幕戏：与人相遇、拥吻、争吵、甩手离去、背墙痛哭，然后擦干眼泪像什么没发生过，再没笑意地走来

走去 —— 虽然是戏，但身在其中，真能感受到刺痛。

也许，那就是真的？

珀斯休曼不能自知自己是珀斯休曼，他们相信的人生历程，都是芯片伪造的记忆。反之亦然。当有人告诉你，你就是珀斯休曼，你没有心、没有感情，那又是否能相信呢？如果没有心，为什么还会触动，难道，珀斯休曼也有Bug？她想起阿Ray的眼神 —— 饱含哀切和理解，里面仿佛有全世界。

谢先生发声打断她的失神，摇了摇头苦笑道："过去的记忆无可改变，不仅是你，就连我和阿Ray这样的生物人也一样。谁能选呢？谁能决定自己在这世上的出场方式？但未来，可以选择。"

她以手撑头，学着人类发愁时候的样子揉着太阳穴，努力理解对方话中的含义，若有所思："这就是你们在做的事吗，生物人和珀斯休曼的不同？"

"你能感受他的痛苦，这芯片，已然体察如心。"

她终于回过头，直视中年男人，神情再次生动起来："我不愿，那是我唯一拥有的东西了。"

当组织找上会所，谢先生还沉浸在与Emily对话后的思索中。金碧辉煌的房门紧闭，隔开外界的嘈杂，是他难得放松警惕的地方。对于这位部下展现出的姿态，他不是没有触动。但他能给的，也就仅限于一秒动容。作为造心派创始人之一，在他最重要的同盟也就是阿Ray父亲放弃大业而去之后，谢先生只能狠心决断，派人将多年老友暗杀在街巷深处，这才拿回重要的造心术法。

此事虽然隐秘，但并非无迹可查。原本谢先生一向对阿Ray那傻小伙戒备不高，谁料对方跟了他以后，本事越来越大，派了个骇客又以亡父的名义收买自己部下，最后居然调查出来真相——还顺带查出，阿Ray之所以有强大的造心能力，是因为父亲将他当作疫苗的培植活体。

"你知道为什么我们从来不说你父亲的名字吗？"

"为什么？"

"珀斯休曼就是以他命名的。"

"什么？"

"他其实就是世界上第一个异化的珀斯休曼！"

得知真相的阿Ray自觉受到欺骗和利用，大怒叛离。结果此事被挖心派利用，连带谢先生自己也

6

被组织迁怒开除，此后他只能更加如履薄冰，也更加不择手段。动用多年前的一层关系，他包下这个几十层高楼之上的会所，所有机密事件都藏在最隐蔽的深处，如今组织的人能够找到这里，明面上说是登门拜会，但实际上隐秘性已经不存在，如果想渗透也难以防范啊。谢先生这么想着，做好了心理准备，然而看到来人的时候还是颇感惊讶——不是"挖心派"的精神领袖、声名显赫的林博士，而是一位中年女子，脚踩高靴，一袭暗绿色皮衣。

"你来了？现在人类升级小组里，已是你做主了？"谢先生冷笑一声，"嫁给林博士以后，你爬得倒快。该称呼伶舟组长了吧。"

"谢先生，久仰大名，今日拜会不胜荣幸。"伶舟弯腰鞠了个躬，是对前辈的礼节。

谢先生不为所动，给自己斟了杯茶："不敢不敢，现在已经是你们年轻人的天下了。你们声称情感是一种病，为了更好地进化，应当剥除情感，从此再无痛苦，成为升级后的先进人类。这么高级的话术和手段，还用得着来找我们这些边缘人物什么事吗？"

直到现在谢先生都没有让座，伶舟也不在意，浅笑颔首，须臾又把那笑脸收起："话不能这么说。

感谢你们对人类情感的珍视和研究，为进一步发展奠定基础，我们也是走在前人的路上啊！其实，谁没有经历过情感的折磨呢？正因为曾经柔弱善感，夜夜难眠，因此深恨自己的敏感脆弱。好在终于明白，负面情绪远远大于正面情绪，所爱越多，人越脆弱，做的蠢事就越多。所以最好谁也别爱。"

"哦，那么你跟林博士呢？如果不是爱，他会甘心被你利用，让出领袖位子，自己整日带队待在实验室里做芯片研究，为你铺路？"

"那是因为，他找到了他为之献身的事业，我找到了我的。"

"不愧是你。"接下来的话，谢先生自知过激，但也不得不说了，"出身卑微的私生女，曾经被人抛弃、为乞为妓，所以什么都能做得出。"

"自然比不上您，名门出身，天之骄子，能有资本谈些情啊，爱啊，风花雪月。不过如今你我平等对话，说明人生在世这命运还是可以扭转。"伶舟只微微皱眉，并不动怒，心平气和地回道，"废话说了不少，我们还是讲讲正题吧。你知道的，林博士一直研究控制芯片的方式，现在已经初有成效，Lawrence就是一个例子。你挖走了我们的人，不过怎么就知道，你托付的人不是我们的人？"

"你说阿Ray吗？他才不会。"谢先生哼了一声。

"我说的是，真正清楚什么才是未来的人。燕雀安知鸿鹄之志，烛火何挡皓月光辉？"

"你不会以为谁的修辞说得好，谁就掌握真理吧。"

"没有什么真理，不过是站在哪边罢了。"

谢先生沉默良久，轻声叹了口气，突然说了句："坐吧。"然后拿起空茶杯，为对方斟了新茶。伶舟自己拉开椅子坐下，不卑不亢地谢了。

挖心派的上位，加上阿Ray离开，造心派很久招不着新人。他开始后悔，悉心培养多年的养子Lawrence为阿Ray而死，这年头找到忠诚好用的部下很难。对珀斯休曼向来抗拒的谢先生，也只好启用Emily复制品的珀斯休曼，试图感化阿Ray，又顺藤摸瓜找到新的Lawrence —— 挖心派用来改造正常人成为珀斯休曼的工具。虽然阿Ray还是不听劝，但Lawrence好歹被启蒙成功，也算有所收获。谢先生掏出一支雪茄，点上，恢复了从容："那你想来找什么？该不会认为，也挖了我的心，就会听你调遣？"

伶舟品了口茶："您说得对，最难对付的不是人，是人心。"

"一个Lawrence对你们来说当然不足挂齿，我知道你为什么来。"谢先生吸一口雪茄，吐出漂亮的白雾烟圈，嘴角上扬，"听到消息了吧，我的实验室有了进展，芯片并非一丝不苟地执行步骤，而有一定程度的容错率。"

"实验室和研发团队是阿Ray父亲的。你不会以为，只有你们看得到这个规律吧？"伶舟戳穿道。

谢先生咬了咬牙："现在就是我的了！我已将实验室交给不同团队的科研人员，他们隐藏在世界各个角落。即便杀了我，但等错码的规律被查验出来，证明芯片偏离轨道的规律，挖心派的言论就被推翻了！甚至，我们可以反向控制芯片人！"

伶舟面色一白，但不接话，换了个方向道："你猜错了，我不是为这个来的。这里即将发生大事，建议你尽快带领团队转移。我们虽然有观点不统一，但毕竟还是同一组织，因此特来发出预警。"

谢先生笑了："如果你今天是来打心理战的，那就可以回去了。林博士好歹在实验室里做些实事，你这点威逼利诱的小伎俩，在我这儿还嫩了点。做出点实际动作再说吧！"

伶舟并不反驳，淡淡地说："只怕那时候已经晚了。"

谢先生放下雪茄站起:"你们做了什么?"

伶舟也放下茶杯,抬眼望向对方:"严格意义上来讲,我们只是顺应事情的发展,稍许推动,但根本原因是形势已经到了这一步。"

"哦?所以你们成了那个错码吗?"

"恕我直言,错码恐怕是您。"

"那我就继续当下去了!我们不会离开的,实验室在这里,研究会继续。混沌现象是物质世界的底层逻辑,值得探寻的是它的动力学特点,和基于流动与不确定性的认知。"谢先生忍住还有一句话没说。或许那些偏离轨道的变幻时刻,恰是美妙所在。

空洞要用什么填？

7

午夜的地铁站空空荡荡，吊灯照得往来通亮，阿Ray整理完手头的发票，放空盯住出闸口。已经过去三天，她都没有出现过，是搬家了吗？像只陀螺般来回转动着座椅，手指无意识交叉，不安感越发浓重，好像有谁扼住咽喉，几要令他窒息。拐杖拄地的声音响起，男人缓步走来，西装革履在惨白灯光的映照下，扬成一面旗帜。

谢先生来到咨询台前，从窗口递进去一张芯片。隔着玻璃阿Ray都不愿看他："不管是什么，拿走。"

"三天没有出现的人，你不想知道为什么吗？"谢先生的声音越发沉着，听得人火气更大。

他拼命按捺，保持冷漠的态度："还用问，肯定是你们做了手脚。"

谢先生叹了口气："阿Ray，或许你说得对，我们这群人干的事，某种程度上跟组织想要消灭生物人也并无不同。看看吧，其实本不该让你知道，但虚构的安慰抵不上真实。要怎么选，是你的路。"

阿Ray竭力让自己不为所动，一把将芯片推回。谢先生望着他，居然显露了出乎意料的哀伤："她是个珀斯休曼，我们设置在你身边的暗哨。"

"我不想知道。"阿Ray像没听见一样从咨询台逃出，急得也撞上了柱子，他边揉鼻头边跟远处同事打招呼，"没什么人提前下班了。"

"她说如果自己是生物人，也会拒绝被挖心，因为那是她存在的意义。"谁料谢先生跟在后面紧追不放，在阿Ray快出地铁口的时候呼喊一声，"拦住他！"

突然出现的Lawrence换了身衣服，看起来精神多了，唯独头发还是乱蓬蓬的，伸手拦住阿Ray。阿Ray噎了半刻，冷哼一声："这么快就收归麾下了，谢首领，我祝您生意兴隆啊。"

谢先生走了过来，自顾自坚持说下去："阿Ray你知道吗，情感是负累，是折磨，却也是构成我们的要素。芯片人只不过开场方式不同，就跟生物人的童年经验一样，你活了二十年所相信的，跟一条编码告诉你相信的，到底有什么不同？或许，我们都是被构造出来的样子。"

"换了一套说辞，嗯？"竖起透明的屏障，阿Ray把自己包在里面，"我不会再相信你了。"

"可你没有忘记，对吗？"谢先生不再绕弯，直戳要害，"其实还藏在心底，所以闪避。"

"这是我最痛恨的地方！"他的耐心终于用尽，

压抑的怒气泄溢出来，一拳打在地面，"我恨忘不掉！"

"你是因为太爱，所以太怕了呀！"谢先生长叹一口气，望向跪地的少年，神色悲悯，"坚如磐石，可又那么易碎。"

"你看，人都是这样愚蠢。所以记忆又有什么好？生物人和珀斯休曼有什么不一样？"

"但你还是可以说出这样的话。记得或忘掉，你可以选。而他，他们 —— "谢先生敛起哀色，指向Lawrence，义正词严，"不可以选。"

良久，阿Ray的情绪稳定下来，从地上爬起，第一次正面问道："她怎么样了？"

"她出生的时候被我们注入一股热烈投入的生命力，事实上也真长成这副模样。这让我意识到，珀斯休曼只不过开场方式不同，跟生物人的童年经验一样，都是被构造出来的样子。就像人类，也是各种记忆的复合体。"

阿Ray还是重复问："她怎么样了？"

谢先生顿了一顿。夜风卷来，把黑色西装外套高高吹起，发出瑟瑟的响声。"她死了。她说大概自己的生命力还不够强，所以用最后的壮烈去涂抹底色。"谢先生简短地说，"是她自己的决定，我没有改动任何编码。"

阿Ray呆住，似在消化对方的话，又似在猜疑真伪。

谢先生再次递过芯片："这是她的记忆，被打造出来以后全部的记忆。我知道你想说，记忆可以伪造，芯片也可以伪造。但你知道，心不能伪造。要不要相信，听从你的心吧。"说完最后一句，谢先生转身离去，Lawrence回头瞧了阿Ray一眼，随后也跟上那位首领的步伐，走出地铁站。二人身影融在都市的喧嚣背景之中，车水马龙，高楼林立，很快便没了踪迹。

阿Ray不自觉向前两步，刚好出地铁口，正对着那面镜子一样的玻璃墙。他愣住了，隐隐看到身后的透明羽翼，仿佛提醒自己身为城市守护者的身份。

以为是一时一地的沉沦，但其实何时何地，爱都存在 —— 长在骨子里，就像恐惧一样。

阿Ray又是独自一人了，手握芯片，茫茫然站在夜色里。

可他为什么觉得，那块指甲盖大小的芯片，简直有一颗心那么重呢。

"这次故事讲得更好了！"

"想听理论说理论，想听情怀讲情怀。只要摸清规律，这有何难?"

"他这回还会相信吗?"

"向来心碎习惯了，最能抗击，这样的人才不会真正心死。"

"所以，谁的心永不会碎呢?"

"如果连心都没有，自然就不会碎了。"

竹间

港 吟光 著 漂
The Memory Puzzles of Hong Kong Drifters
记忆拼图
第八篇 千里送行人

宋　宁　E　R　L

中国美术学院
China Academy of Art
创新设计学院
SCHOOL OF DESIGN·INNOVATION

小组成员：吕嘉怡 彭云琦
艺术指导：端木琦 王志鹏 程 斌 项建恒

阿Ray和Lawrence的父亲在研究醛心实验事故中去世
Emily，陪同赵宁办理签注，并教她打扮

赵宁、宋思文围观施施青表白

宋思文落水身亡

赵宁取名Amily，与施青看表友店因于价格过高去去隔壁中档价位店铺

赵迪和宋思文陪同赵宁去兰桂坊酒吧应约，却因入场费贵仓皇逃离

吕型挂钟下施青向赵宁表白成功后在KTV庆祝
宋思文得知施青向赵宁恋爱后打了施青

017年

第八篇
千里送行人（判词版：余韵）

人生总有行不通处。

[海风吹，冷冷清清的剧场，桃花满地，待拈花闪碎红如片

[吟游诗人上

吟游诗人：大笑三声，乾坤寂然矣。秋波再转，余韵铿锵。从古传奇，有此结场否？奴家是开场之人，还将用以收场。

此地乃维多利亚港湾，《港漂记忆拼图》完结之地。那宋思文飞身跃入海底，赵宁迷路人行道上，阿Ray惘然拾心北风中，Emily转嫁他人，Lawrence精神榨干身亡。奴家如今再扮简离，看那几个痴虫来了。[1]

【偏是江山胜处，酒卖斜阳，勾引游人醉赏，学金粉南朝模样。

暗思想，那些莺颠燕狂，关甚兴亡！】

名叫宋思文，命中懦弱书生。又叫宋别，多送别，但学不会送别。

兰桂坊的灯盏之下，他走过来，替我叫酒埋单，扮演救世主的形象。我也不戳穿，做出寻常游客的好奇姿势。其实我多次来港，能听懂粤语——那莺莺燕燕语调，与韵白几多相似。

一 部分化用清·孔尚任：1699·桃花扇剧本，田沁鑫删改版本。

是多软绵的一个人啊，软得好似裹晴丝，绵得摇漾如线。听他说起年少心事：深谙人情，却不懂世故；爱恋颜如玉，却没有黄金屋；装作时髦绝酷，难耐渴望温度；贪看江山胜处，看不见大厦倾覆……永远在漂泊，永远在他乡。做本地人太难，做外地人却轻易。

初见面，他问我："简离？简单的离开？"我说："简绝的别离。"

别离需简绝，即便是千里而来。细思量，若只顾莺颠燕狂，哪管什么兴亡！他是梁间的燕，为何非逼着做振翅的鸿鹄？剪去秀丽的羽毛，安上黄金爪翼，就能蓦两万里高空吗？

不仅软绵，还心善。听说我是个名字都不能写上节目单的 B 角、来港数趟方能登场，立马面露同情……其实有甚可怜？唱戏就是唱戏，家乡小镇沉闷，便换个地方走走停停，唱给的也不是台下百人观众，而是这一场恹恹盛世。

我看见了离别，人们还未看到。所以我要唱给它听：

精卫衔微木，将以填沧海。轰烈热闹的海市维港，是谁说吹沙填礁造岛，好一番先进自动控制挖掘设备，好一套高功率强大排污系统 —— 人于是成了上帝，上帝于是闭了眼。"建房屋、扩规模、增就业、促多赢。"只见财源滚滚来，不知灾祸萧萧下。

赤潮来，人心碎，海底地质结构开始液态酸化，连带近海陆地接连侵蚀，埋藏已久的病毒四溢扩散，步步紊乱，霉菌滋生，人人惶恐，殃及池鱼。

而覆巢之下的宋别从来温润、纯良、活得小心翼翼——除了不擅做强硬状，始终当不了救世主，总是一副好欺辱、任宰割的模样，几乎没做过错事。人为什么非要长出坚硬的壳，句句算计，斤斤较量，才能不被欺辱？他未曾练习举起屠刀，就必得习惯成为鱼肉吗？

也是大好男儿，踏遍四野，仍然回到原点，回到想去爱却不被允许爱上的这个人、这座城——从法理上讲，一个人可以爱任何一个人、允许来到任何一座城，因此而记住任何一座城。然而情绪上，对面那个人身上的每一次眼神每一口呼吸每一处细胞都在挥发病毒：你不该有心！这座城里每一条街道每一块石板每一声零点钟响和节日欢呼都在嘶声呐喊：你不配爱我！

他在万众唾弃中终于染病了，病得用遗忘掩盖痛苦，再用痛苦掩埋遗忘。

忘了吧忘了吧，眼见他跳进维港，永远留在这最爱地方。最尾只得贩酒斜阳，扮游人醉赏。

海浪啊海浪啊，你看他站在风暴口眺望，学南朝金粉模样。

【到今日山残水剩　对大江月明浪明

欲归　归途难问

天涯到处迷　歧路穷途】

她也曾心比天高，她也曾风雨飘摇。

远远看到那女观众蹬着高跟鞋昂首走进戏院，脸上一缕孤绝，像是前世的我 —— 明媚照人，勇敢无畏，即便只有一丝光亮，也要毫无犹疑地全身扑火。

不，然而她变了，偏离了轨迹，已不是香君："立志守节，岂在温饱。忍寒饥。决不下这翠楼。"尽是前尘事。

第一次见她，学生打扮，跟几个同龄友人一起，拿着学校人文院的赠票前来观戏。那时候我没机会上台，透过舞台侧边的帘幕，看得清台下每一个人 —— 那女学生留着黑长直发，面色清秀寡淡，听到几乎睡着。看她入场出示的票据，应是为完成综合素材评测的打卡任务。倒是她旁侧的男生看得认真，眸中盛满江浪。

第二次不过数年，她已是名牌傍身，浓妆艳抹，高傲利落，身旁挽着面目模糊的中年大叔，眼睛却黯淡了许多。在入场口我听她在打电话，声音娇喘滴滴："我不是赵宁，嗯，请叫我Amily。"

人变得真快啊。

不，她不是变了，而是病了。本是红粉俏佳人，偏跌进英雄销金窟。千人一面，都叫Lawrence，哪个是她的救世主？哪个是她的爱人？*到今日山残水剩，对大江月明浪明。*她不知道真正的爱人已死，就躺在隔壁的病房 —— 海底，也将是她未来的床，水草塑造的宫墙。

态度恶劣的公交车乘客，精明强硬的出租车司机，假笑客套的理发店推销员，还是邻屋那亦敌亦友的"闺蜜"…… 凭什么你的痛苦全部怪在我身上？凭什么我的负面情绪也是你的错误？每一个人都是假想敌，每一个人都血海深仇。

她努力了这么久啊，几乎努力了一辈子！到了收成之际，却不知何处去收。为什么没有谁当她的家人？累了倦了受了伤害，哪里是抚慰的肩膀，或是只有冰冷的警员？

港女孤勇、倔强，可她甚至不配做港女。

我看到她的心缩成一团，人又怎么能舒展开？

欲归、归途难问！

天涯到处迷……歧路穷途。这病毒，究竟还要害多少人？

【想当日猛然舍抛

银河渺渺谁架桥

墙高更比天际高　书难捎

梦空劳　情无了　出来路儿越迢遥】

Emily意指：勤勉的、用功的人，认真的人。

是勤勉的吗？是认真的呀！

她不喜欢车仔面、牛杂、奄列这类一看就很廉价的食物。她没有钱，但有脑子，最擅区分这些，为了在脸书上保持光鲜靓丽的形象，整日挖空心思，难得sisters女生聚会去一家昂贵法式餐厅，要拍满一整个手机的照片，分开几个月po出。

菠萝包是她的最爱。一吃就掉渣满地，手上嘴上油腻腻，但她喜欢那金黄酥脆的色泽，有种富贵感觉。

也喜欢虾多士。内地来的那班人没听过，但英国人好中意，正好，配上和男友幸福的模样，又是一则漂亮帖文。

跟男友幸福吗？可能是吧，吊靴鬼似的成日跟在身后，就像打坐一般，是她最后的退路。即便明知荒谬，溺水者需要最后的井绳，她竭力抓紧，还是再坠深渊。任凭那吊靴鬼再温柔体贴，终究家贫壁立，不能带自己出国完成留学心愿。钱，还得靠自己一点点攒。路，怎么就这么难走？银河渺渺谁架桥，墙高更比天际高，书难捎。

一旦诱惑降至，她当日猛然舍抛，奔下翠楼，转嫁他人，果决不含糊 —— 移情成了最容易的事，不为所困，这是她为人的优点，但对于被抛弃者而言，却是最恐怖的利刀 —— 直到有一天，她自己也成为被抛弃者。

梦空劳，情无了，路迢遥。

她说戏腔是"咿咿呀呀"，从来听不懂唱词，也不屑去听。那让她骄傲的，她并不真的了解。她只擅长骄傲，不擅思考 —— 却不知，在多年重复的播放之下，其实已经流淌进血脉。

"系春心情短柳丝长，隔花荫人远天涯近……"当戏曲吟唱声从她母亲的电台播放机里飘荡出窗，直传到整座城市之上，声音汇聚成统一的频率，急速加剧了陆地液态化的共振效应。

【想起那拆鸳鸯　离魂惨

隔云山　相思苦　会期难

倩人寄扇　擦损桃花

到今日情丝割断　芳草天涯】

Ray：

n.（名词）能量，（好事或所希望事物的）一点。

v.（动词）发光，（思想、希望等）闪现

顶着这样的名字，阿Ray闪光了吗？发射能量了吗？

我不想嘲笑他。该嘲笑的，他的兄弟已经嘲笑够了，好像嘲笑成了最不花力气的习性；接待的客人也在心底暗笑，如行将溺水、祈求呼吸的病人，抓住某种平衡；他的女朋友更是嘲笑得标准，放在博物馆里就能代表"碎心病毒"模本。

但说了几句话，我真忍不住笑起来：这导游哪家公司培训的，水平太次，只会推销和背词，讲不清普通话也就罢了，既看不明古文诗词，又没读过科幻小说……笨就是笨，还不让说了，我与你认识的是同一个世界吗？都是九年义务教育长大，我却无法同你对话！

毒舌，只顾痛快。傲慢，海底宫室爬出的红色藤蔓，放出挖心般的血色毒雾。

笑声轰隆隆如山碾压而来，人前人后，被扒光衣服承受鞭打。他哭了，愤懑绝望。相思苦，会期难，人在咫尺，远隔云山。他永远抱不到爱人，因为爱人在自己兄弟的怀里，兄弟掌控着金钥匙，金钥匙决定了命运。他听不懂歌剧，获不了尊重，因为九年义务教育之后的第十年，他已出来做工。那些屈辱、漠然与晦暗难言的损害，是他的错吗？谁说男儿不可哭？谁不曾经历过绝望瞬间？

这些人有什么资格嘲笑他？谁做的比他更多、比他更好？究竟用什么划分这界限？看上去有钱有势、有礼有节，也不过都是固化阶级的壁垒。嘲笑是容易的，但他在壁垒们嘲笑的时候，尽了整个生命的力……在明知毫无出路的境况下，以命相搏。

我又有什么资格嘲笑他？我顶着"吟游诗人"的名号，四方游走，传诵歌谣，其实只是个发出预警的吟诵者——转轴拨弦三两声，未成曲调先有情。我小声唱着零碎的寓言，因晦涩难懂（正如本文），寥无人听。我不过是个天气预报，收视率还不高。而他是个实干家，收起翅膀能做楼道最底部暗道里的螺丝钉，像垃圾一样腐臭，蟑螂一样蛰伏，辘辘饥肠，日日转动；展开羽翼，却能飞到整座城市的高山之顶，对抗不停旋转的风车和机械巨人。

自救真有那么难吗？于是情丝割断，芳草天涯。他哪里笨，一旦回头是岸，甚至还想救人。

谁能想到，受过高等教育的宋思文没做到的，有钱的Lawrence没做到的，服务宋思文的小导游、被Lawrence打压一辈子的穷亲戚阿Ray做到了——眼见他当了大英雄，辉煌灿烂，只要不想前身后事，就是快乐的。

但人生总有行不通处……直到想起那折鸳鸯，终于呜呼，魂归离恨天。

【痴虫啊痴虫

你看那皇城墙倒宫塌，蒿莱遍野

这秦淮，长桥巳无片板，旧院瓦砾满地，萧条村郭，只几个乞儿饿殍

你道国在哪里？家在哪里？君在哪里？父在

哪里？

偏是这点花月情根，就割他不断么？

——几句话，说的小生冷汗淋漓，如梦忽醒】

痴虫啊痴虫。他明知道自己就是个疫苗，居然还自诩大英雄，英雄片看多了，多的是幻想。

痴虫啊痴虫。他甚至连疫苗都不是，所得到的质量生活都是从哥哥那里偷来，因为真正的疫苗是阿Ray。

痴虫啊痴虫。养父为了试验Lawrence的疫苗属性，无数次推他上手术台。重重失望之后，又为了试验Lawrence是否已经感染病毒，请求我用戏曲教化，看他是否受冲击——若不是疫苗，那么通过唱词的共振，可以重新启动神经元和神经系统。

他永远不会知道的事，他马上就要知道了。

痴虫啊痴虫。他以为得到的尊重，是一场场悬浮。他以为温香软玉，也是骗局。赵宁是未完成版的Lawrence，就好像Lawrence是驯化过的赵宁。

英雄也不是他，爱人也不是他的。那他究竟是谁呢？他是流着农村血脉的小孩，被一个城里贵族人家收养，受到良好教育，学会钢琴与雪茄、骄傲与傲慢……直到再将他丢回乡下，见到老母亲，他自诩高人一等，甚至抛心挖血也要与之划清界限。所谓接受高等教育，最基础却没有教不要歧视吗？

话说回来，难道城里人就把他当家人了？非要削皮锉骨，当真能杀身成仁？那自小到大始终鲜明的"养父"二字，从一开始，就把态度表得鲜明。国已不国，家已不家，君已不君，父已不父。

——所以他就是这样一个人，一座城。在这大难临头之际，墙倒宫塌，蒿莱遍野，瓦砾满地，乞儿饿殍，而他还在飘了、悬了、浮了。可是又有谁能来救救他，谁把他拉下地来？

"国在哪里？家在哪里？君在哪里？父在哪里？"

眼看病毒弥漫，苍生凋零，个人那点纠结的心情，算得了什么？风雨飘摇之中，说得上谁对、谁错、谁又有出路？

【俺曾见金陵玉殿莺啼晓　秦淮水榭花开早
谁知道容易冰消
眼看他起朱楼　眼看他宴宾客　眼看他楼塌了
这青苔碧瓦堆俺曾睡风流觉　将五十年兴亡

看饱

残山梦最真　旧境丢难掉　不信这舆图换稿】

乘云御龙，游乎四野，这路上的人群熙攘，尽皆神色匆忙，一个个像是有世界等着去拯救，又像被谁催赶逃荒的模样。眼看他起朱楼，眼看他宴宾客，眼看他楼塌了。

而吟游诗人出场的时候，却要完美绝伦、笑意盈盈，兵来将挡地应答自如，仿佛足踏莲花，九天仙子落凡尘。她是《桃花扇》中的老赞礼，开场、作结，这青苔碧瓦堆，睡风流觉，将兴亡看饱。也像古希腊的酒神祭祀歌队，承载超个体、超个性。由于不断重述神话故事，深植内心，常被误认是神。

但她其实是人不是神，也有喜怒哀痛。但所有的胆怯、忧愁与无能为力，都要埋在心底，藏进歌里，或者回到故土才跟亲人倾诉。在外只能撑着点燃生命烛火，将古老的语言辞句代代相传下去。

人年轻时候，会高估主动性的作用，后来才逐渐察觉，无论左右前后上下怎么走，好似都走不出这牢笼。眼见大厦将倾、巨轮崩塌，所有人终于赶来维港海边剧场的最后一幕戏：残山梦最真，旧境丢难掉！台上人影绰绰，只见俏花旦一个云手，一个盘腕，一个转身，指尖拈成兰花形状。

是时候了吧？是时候了呀！诌一套哀江南，放悲声唱到老。

在后台收到的特制曲谱，附录里说能唱出远古鲛人余音。她对陌生人本就不设防，加上惊奇之感，竟然真的一试。在简离唱出最后一段高音的那刻，整座城市的电台音响整齐地凝集合一，地面剧烈共振，岩石板块内部的孔隙恰好到达分形结构，波与光的增益效应造成声音的极速放大，一时间天摇地晃，地壳发生了严重的沉陷，海岸在摇晃、飘荡、碰撞，跟水面一样地抖动，似幻如真。

吟游诗人水袖轻颤，启唇凝气，秀起水磨腔，然后现代都市随着巨响轰然掉入海底宫室，只剩太平山山尖留在地表 —— 高楼浸入水底，所有疲惫的心灵在此相遇、共振，或是长久休憩。

曲终人杳，江上峰青。

许多年后，深达1000多米的水下城重建，海平面之下再现过去的辉煌 ——

巨大的3D打印的新型防水抗压楼宇再次竖立，打出标语"城市倒影·蓬莱仙境"，在海浪中摇晃的姿态分外迷人；潜艇构成了多条真空通道，螺旋形通道成为进入地下城的入口，商业中心"海市"

联动喧嚷起来；沼气制造厂"龙绡宫"利用海底淤泥、垃圾、微生物等原料制造燃料，然后通过螺旋通道输送给居民；穿着潜水服、背着氧气罐的人群穿梭鱼群、水草之间，仿佛身处鲛人歌声中的海底宫室；随着吟唱声在水纹之间传播，藏在岁月的情愫重新翻涌卷起……

港岛成了渔村，再度繁闹 —— 而事情回到了原来的样子，其实这里本来就是渔村 —— 不是吗？

港漂记忆拼图

吟光 著

The Memory Puzzles of Hong Kong Drifters

第九篇 记忆拼图

中国美术学院
China Academy of Art
创新设计学院
SCHOOL OF DESIGN&INNOVATION

小组成员：宋思文 仲 锐 唐悦彤
艺术指导：端木琦 王志鹏 程 斌 项建恒

新·大湾区——剧本杀店

当在一张桌面上消消剧情，在游戏机制里调换了身份，翻开对方的人物剧本，把曾经的爱侣或仇敌只当作一个平凡角色，开始尝试进入他人……

大湾区：按照规划所要，粤港澳大湾区不仅要建成充满活力的世界级城市群、国际科技创新中心、"一带一路"建设的重要支撑，内地与港澳深度合作示范区，还要打造成宜居宜业宜游的优质生活圈，成为高质量发展的典范。以香港、澳门、广州、深圳四大中心城市作为区域发展的核心引擎。

宋思文

自由摄影师
外地人

看赵宁刚才趴在桌上看不到表情

剧本：Lawrence

宋思文瞄一眼人物介绍，心里有了数：以为跟自己的共情点在于天涯飘零，都是suffer的一班人，既不站在这边，又不站在那边，不属于任何一个地方。

宋思文的痛苦摆在桌面上打明牌，而这位主儿的心思扭得像麻花一——到底没有情，还是情感被压，行将激活？

然而到了最后，即便拿的是并无交集的Lawrence身份，他依然哭了出来

原来宋思文心中视作温暖底色的乡土乡情，但宋思文也不明白在Lawrence那里，到底是一盘调味品，还是一根活命稻草？

Lawrence

香港人，海归
金融行业

出生在香港的本地人，却因为乌龙事件被父母带往外国成长生活；回到香港后回到原本家庭生活条件的艰苦感到民愤，对自己的"外国人"身份保持高傲自大的恋度，离弃着香港从英雄民间回中国的心态。

剧本：Emily

我本天赐骄子，为何时时被贬谪！
狠狠把剧本一砸，恨不得脱掉这层皮，但主持人提醒上了圆桌就得遵守规则，不过三个小时的敷衍，从小到大不是没有忍过，还是坐了下来。

——是心中得意，也就慢慢放下了反感。

是没有心的，只求目的达成，不必为情所困，前进途中没有包袱和包裹，倒不失为优点，Lawrence竟然生出对同道中人的激赏！

在左侧胸腔内，有什么东西在发痒，在战栗，好像要长出来了？

Emily

打工人
香港人

戏中人却正是贴在她小屋床头、夜夜相对的海报主角。

这座悬浮的城市，行来走去都是悬浮的人，好似永远在天与地之间的舷梯上，飞不上去也落不下来，颠颠地，痴痴地，茫茫地，步子踩空的又何止是下飞机那瞬间，"夕阳无限好，却是近黄昏。"

毕竟是从小听曲，虽然算不得真懂，但有些东西渗入血液深处沾染了文化气息，也就沾染了纠结犹豫。

她迟疑了，一时分不清自己是简离还是Emily，也难以担负得了任何决策背后的重责，思虑良久，她终于有主意了，抬起头，向众人轻声说道："不然我们投票大家一起做决定吧！"

这故事最终的结局需要由她来决定-曾经身处食物链最低层的Emily，因为拿到简离的剧本，有一天竟掌握了全桌人的生杀大权。全场的重压聚焦于她的身上，一时有些承受不起，垂目掩掉打量众人。

赵宁

外地人
金融投资工作者

待到翻开剧本，穿上他的套头衫，阅读他的失忆心路，扮演戏中人，才勉强谈得上理解。

然而到了最后，赵宁便忍不住趴在桌上抽泣，原来遇到的良人，早已隐于暗影。

剧本：宋思文

原来自己的痛，也是他人的痛，也是众人的痛，屋内弥漫开压抑的气味……

剧本还未读完，戏还没上演，赵宁便忍不住趴在桌上抽泣。

阿Ray

地陪，导游
香港人

赵宁无论家境容貌工作乃至爱情，哪项都顺风顺水。

想看Emily的剧本，看女友的无耻如何而来，也想拿Lawrence的身份，但拿的是一个从未谋面的人物，一段半点不相干的历程

阿Ray这才明白有些人先天性的自信自尊是多么强，为此哪怕日夜加班、时刻带妆，为了得到尊重，人们哪怕付出一切。

阿Ray感到真正成为她，在自己人生中也曾出现过，曾经以男的身份，笼统简单地将这种行为标榜为"虚荣"。如今在剧本中成为女仔，才理解了对方的真实想法。

剧本：赵宁

原来强势，不是源自高傲，而是源自害怕。
理解了自己女朋友，理解了弟弟。

简离

外地人
吟游诗人
戏曲家

表演立于废墟般狼藉的兰桂坊夜色中，阿Ray嘶声怒吼便使所有的压抑破土而出，简离凭着多年的演出经验，虽然扯着嗓子吼了半截，好歹没有掉链子。

剧本：阿Ray

简离醒悟活在牢笼里的，又何止阿Ray一个

简离其实不是仙子，也通人情世故，只是心思闲散不愿多理。

心死以后不带感情的日子，不过走走流程。

中间关系词：

暗恋 ｜ 共情 ｜ 被吸引，暧昧 ｜ 思念，愧疚 ｜ 利用 ｜ 憎恨 ｜ 仰慕，利用 ｜ 厌恶 ｜ 宣誓本地人主权，优越感 ｜ 好友，感激 ｜ 理解，醒悟 ｜ 不屑 ｜ 瞧不起，失望 ｜ 无亲情 ｜ 真爱，默默付出 ｜ 羡慕 ｜ 同情

无 自卑 真情 心 悬浮 人间 自尊

第九篇
记忆拼图（剧本杀版：成为他人）

重任在肩，困难重重，但谁说不能开始合作，尝试沟通？

"让晚风轻轻吹送了落霞，我已习惯每个傍晚去想她。"[1] 耳机里塞的还是旧时乐，脚下踏的已是填海新地，抬头仍是高楼交错。

大湾区，不同于美国的加州湾区，这里纯粹是"无中生有"人工打造出的"未来""新世界"。走在前海的宽阔马路，满街崭新的银灰色现代建筑，"特区中的特区"果然一切都是新的。物理空间是新的，人是新的，观念也是新的?

那么开在这里的剧本游戏（剧本杀）店，是否也可以设置新的规则玩法，让这群人抽出生命中完整的三个小时，坐在一张圆桌上商谈剧情，在游戏机制里调换了身份，翻开对方的人物剧本，把曾经的爱侣或仇敌只当作一个平凡角色，开始尝试进入他人：我就是你，你也是我?

以下阅读方法：先以【】里的人物身份，浏览（）里的前文角色篇章，然后再看本文的心理自述。

【赵宁】──（宋思文）真情篇

赵宁其实早就开始想念宋思文了，像想念心中尚存的绵软，或也是接近底线的坚强。但待到翻开剧本，穿上他的套头衫，阅读他的失忆心路，扮演

1 张学友：遥远的她。

戏中人，才勉强谈得上理解。

自己看起来繁茂的高楼盛世，人群挤来喝去，落在他眼里，竟都凄清。透过闪烁的红绿色圣诞灯饰，直视到是次日破败的景象。"*所有 metropolis 都差不多。*"当年她随口说这话是掩饰心虚，却被他记了半辈子，像品鉴维港海风海水，一层层叠加的苦涩和咸湿。

也试图奔跑，追上身边人脚步，终究发现自己的性格只能慢慢走，走在人群后面，走在时代后面，也走在爱人身后。就连唯一一次爆发打人，印象也不甚清晰，细节对不上号了。

但是他确会站在寒冬中听完卖唱小哥的整首歌；会理解邱晓雨的抱怨只因想逃离；更会细看赵宁那漂亮甜蜜的五官，以及始终昂起的骄傲之中，是否藏有一丝虚弱，半斤不甘，和满秤的真情。也是为了那渴望真情的底色，才宁愿做个大家口中的"备胎"，扶住她的跌倒，抚平她的自尊，成就她的热闹，想着总有一天能焐热人心。他爱她，并非因为轻而易举，而是因为困难重重，就像他爱这座城一样。而他竟不配爱她，也像他不配爱这座城。究竟谁是旁人口中的"穷亲戚"和"养子"？

一个人，竟然连爱的资格都没有，只有被嫌

弃和染病的资格，也没有记住的权利，只被允许遗忘。

再往后的每个人，都不像她，也都像她，或者世人尽皆如此，藏住真，捧出伪，金银做酒，再佐以三分假笑和讥讽，终于保全宝贵的自尊。除了他像个局外人，试图冷眼旁观，直到引火烧身："如若你非我不嫁，彼此终必火化。"[1]他羡慕邱晓雨，邱晓雨羡慕他，赵宁又该去羡慕谁呢？

"一定会遇到快乐。宁宁，我希望你知道什么是快乐。"

剧本还未读完，戏还没上演，赵宁便忍不住趴在桌上抽泣，原来遍寻的良人，早已隐于暗影。原来自己的痛，也是他人的痛，也是众人的痛。屋内弥漫开压抑的气息……

【阿Ray】——（赵宁）自尊篇

阿Ray其实想看Emily的剧本，看女友的无耻从何而来，也想拿Lawrence的身份，比不过，就干脆自己成为无耻自大又偏偏高人一等的那个。谁知他被分到一个从未谋面的人物，一段半点不相干的历程。

初读实在不懂。比起阿Ray自己，甚至比起

一 陈奕迅：富士山下。

Emily，赵宁的人生也实在算走运了，无论家境容貌工作乃至爱情，哪项不都顺风顺水，还东边也是矫情、西边也是不满？这人啊，但凡不知足，永得不到一个开心。

直到剧本开演，剧情推进，先是在兰桂坊高档酒吧外被人嘲笑，后又受到Emily趾高气扬的指手画脚（这一点阿Ray可太熟悉了），一步步走到在出租车和公交车上被呵斥的时刻，才明白有些人先天性的自信自尊是多么强，为此哪怕日夜加班、时刻带妆，明白了"大中华心态"大抵也是一种心理自洽，也明白在舞台上万众青眼聚焦和追捧的感觉确实美妙，尤其对比黯淡鸡毛的现实生活——观众要强烈，角儿就得更强烈；不能跟这个人同频共振，则就跟那个。为了得到尊重，人们哪怕付出一切。

他感到真正成为她的时刻，是在人潮拥挤的商场顶层大卖场，惨白灯光下，男友偷翻挂在项链带子后的价格标签然后支支吾吾顾左右言他，突然觉得这一幕如此熟悉，在自己人生中也曾出现过。曾经以男方的身份，笼统简单地将这种行为标榜为"虚荣"，而如今成为女仔，其实暗地里早已把信用卡准备好，并不指望靠对方埋单占便宜，但想要一个被珍视对待、被全力呵护的态度。那些不体面的小动作落在眼里，显得男人是那样不堪，更显出自己的眼光和档次：难道在这荆棘遍布的世界上，就只配得上这样的人了吗？

有什么大惊小怪的，谁没焦虑过呢？当压力到了顶端，老板云淡风轻的一句话让人终于撑不住了。"若然道别是下一句，可以闭上了你的嘴。"[1]

原来强势，不是源自高傲，而是源自害怕。莫非Emily和Lawrence也是如此吗？谁知他在理解别人女朋友的时候，也理解了自己的女朋友，理解了弟弟。

【Lawrence】——→（Emily）无心篇

Lawrence永远搞不懂的是，我本天赐骄子，为何时时被贬谪？这回玩个游戏，还被分配到如此低卑的人物身份。狠狠把剧本一砸，恨不得脱掉这层皮，但主持人提醒上了圆桌就得遵守规则，不过三个小时的敷衍，从小到大不是没有忍过，还是坐了下来。

从Emily的心态出发，Lawrence看到，原来自己只是她住上大房子和逃离苦海的踏板。不过为跟自己说句话，连化个妆、搭个讪还筹备那么久，

[1] 杨千嬅：可惜我是水瓶座。

更跟赵宁争风吃醋，看到这里Lawrence还是心中得意，也就慢慢放下了反感。再往后，发觉这女仔跟自己一样，是没有心的，只求目的达成，不必为情所困——那就对了，前进途中没有包袱和包裹，倒不失为优点，Lawrence竟然生出对同道中人的激赏！"如能忘掉渴望，岁月长，衣裳薄。"[1] 所谓地域优越感，也许都是自我保护，攻击是因为感受到了被冒犯，只不过所用的话语体系不同。当然同样的，还有对戏曲莫名的亲近，至今说不清道不明的吸引。

不过不能认同的，居然对恶意的反应是预料之中，而对善意倍感不安。可笑，其实干吗那么敏感细腻？把什么都想得清楚细致，不过是多加烦恼，有机会就一夜多飞几次，一时的快乐都不容易得，想什么永久的欢愉，日子得过且过，放过自己也放过别人吧！什么真情假意，不如稀里糊涂的就算了！不能知道上帝怎么安排我们的剧本，还不能控制自己的手吗？

人尽可以麻痹自己，至少要找得到落点，才不会真的崩溃。痛苦，很多时候是一种感受，不是真的存在，你在试管剂里也找不到证据。

但谁能告诉我，在左侧胸腔内，有什么东西在

一 杨千嬅：再见二丁目。

发痒，在战栗，好像要长出来了？

【简离】——▶（阿 Ray）人间篇

最出尘脱俗的仙子，埋进最深尘土的人间。最荒谬和对比的人物身份就是如此了吧。不过从另一个层面说，也最冲破个人局限性的不可为之。

简离其实不是仙子，也通人情世故，只是心思闲散不愿多理。阿 Ray 其实也不算心思重，就是活在重压之下难以喘气。要说这个世界对他不好，也给了他异禀的天赋和难磨的善良。要说好，弟弟活成个少爷，他却是佣工。女友想当公主，他当不成骑士。"祈求天地放过一双恋人，怕发生的永远别发生。"[1]就算阴错阳差成了救世主，也是最愚笨的那个，在自我纠缠中虚耗。简离突然明白了，他要的甚至不是尊严，而是最低的生存。但即便是这么低的诉求，也从来步履维艰。而自己曾经得到一切是那样轻易，所以对于拥有的从未正眼瞧过，难怪师傅老说她飘浮在空中，连坚持什么、妥协什么都搞不清。哪有那么多纠结？

这幕剧的上半场演到最后，立于废墟般狼藉的兰桂坊夜色中，阿 Ray 嘶声怒吼，所有的压抑破土而出，幸亏简离凭着多年的演出经验，虽然扯着嗓

一 杨千嬅：少女的祈祷。

子哑了半截，好歹没有掉链子。没想到发泄过后没有换来亲人爱人的理解和歉意，却是永久的失去，即便是演遍了人间悲欢的花旦，也禁不住为角色哭了出来。

及至下半场，心死以后不带感情的日子，不过走走流程。"你知道利用和合作的差别吗，就像承担和牺牲的差别？"笨人难道不配长教训吗？被骗一次又一次，难道觉得上嘴皮碰一碰下嘴皮，自己还会傻傻地赴汤蹈火吗？

还是会的。谁能料到呢，最聪明的，最愚钝的，最洒脱的，最别扭的，最终还是桎梏于此。谁叫我们是人？有情，有欲，有梦，有执。不如挖心吧，还是挖心好，一切可解！

谢先生说，他虽然是我的人，又不是我的狗，我能怎么办？对方答，所以才要改造机芯人，多方便啊。

活在牢笼里的，又何止那一个。

【宋思文】——►（Lawrence）自卑篇

初拿到Lawrence剧本，宋思文瞄一眼人物介绍，心里有了数：在美华人的身份，以为跟自己的共情点在于天涯飘零。都是suffer的一班人，既不站在这边，又不站在那边，不属于任何一个地方。

读了下去，看到阿Ray，完全不是跟宋思文在一起那唯唯诺诺的样子，而是令人厌烦的蛮横不讲理；看到简离，也不是宋思文见到那样温婉娇弱，反倒做事明丽果决，点酒都那么豪爽，难道曾经不懂酒名是装的？唯独赵宁，面对好条件的男仔还是保持欲拒还迎的骄矜，不负校花风范。他想着，有机会体验一趟赵宁的人物剧本就好了，以自己脆弱的心性一定会哭出来吧。不知道她拿到自己的剧本是什么感受，刚才趴在桌上看不到表情……

然而到了最后，即便拿的是并无交集的Lawrence身份，他依然哭了出来。

国家已经征服太空，为什么还会有时自卑，甚至自负？——自负的人，永远是内底自卑的那个，所有表现出来的刺，根里都是软弱。小时候，多少次走在村间偏僻街道上，路过几个鬼佬朝他吐唾沫，抛来特意学的不标准的国骂。为此他只去高阶的大城市中心，那里人们不以种族歧视为荣反以为耻。"那时候我含泪发誓，各位必须看到我。"[1]及至回港，在自己的国土，用第三方语言，获得所谓尊重，是因为假装自己是外国人，这合理吗？

其实在世上，谁不是谁的"穷亲戚"，谁又不

一 陈奕迅：浮夸。

是个"养子"呢！宋思文的痛苦摆在桌面上打明牌，而这位主儿的心思扭得像麻花 —— 到底没有情，还是情感被压，行将激活？

剧本杀还有一个环节，所有人物之间进行公聊或私聊的对话，分享各自的信息与线索。在简离记忆里和Lawrence的对话，竟跟Lawrence印象里的不一样。是对方身为编剧习惯性的脑补，还是自己记忆出了偏差，还是谁想故意隐瞒什么、编造什么？

更为荒谬的，有人说Lawrence不是救世主，乃至连疫苗都不是，轻易就能长出一颗心，此刻他已经不是伤感，而是气得发抖：骗局！一切都是骗局！一定是骗人的，我才不是那个躲在校园角落里抱紧自己瑟瑟发抖的小男孩，也不是被养父像只鹌鹑一样指来喝去、寄人篱下吃白食的殖民奴隶！

他可以满口道理，把女孩辩驳得无言以对，唯独听到古曲唱词的时候，不能控制身体的颤动……原来宋思文心中视作温暖底色的乡土乡情，在Lawrence那里，到底是一盘调味品，还是一根活命稻草？

那高亢戏腔，能毁灭整座城市，但或许能救一人心吗？

【Emily】——（简离）悬浮篇

这是一种如果不因为这次圆桌游戏，Emily从没可能想过的人生的角度。但戏中人却正是贴在她小屋床头、夜夜相对的海报主角。

言必引经据典，有时还用唱词，犯得上这么矫情吗？离别需简绝，干脆利落，但读来演去也不明白，她所面对的困境和镣铐究竟是什么？Lawrence质问：难道是真爱吗？什么年代了，怕是连再怎么守旧的她都不好意思认下这个幼稚答案吧。这座悬浮的城市，行来走去都是悬浮的人，好似永远在天与地之间的舷梯上，飞不上去也落不下来，癫癫地，痴痴地，茫茫地，步子踩空的又何止是下飞机那瞬间，"夕阳无限好，却是近黄昏"[1]。一场剧目接一场剧目，一篇梦连一篇梦，何为醒何为醉，何为假何为真？以至于哪里发生过哪些琐事哪些细节，到最后也记不清晰了。

她大概还不知道，曾经备受羞辱的晚宴所在地"珍宝海鲜舫"，如今已经停业，新闻说巨船在南海群岛附近遭遇风浪而沉没，长眠于海面下1000米的汪洋深处，连带着所有的繁华和回忆。但又有线索称此船未沉，事故是被操控利用，因事发地位属公海，现已无法打捞印证。对个体可以救助，对集

一 陈奕迅：《夕阳无限好》。

体只能绝望，真相永远未知，人类永远这样。"赞礼者，主管司仪、祭祀，还有见证时事，见证古今妙语，见证古今奇闻。"[1]是是非非过去，幸好有诗人记录此间记忆，虽然真真假假亦不可知。

总而言之，这样一位游走四方、演遍世故、看透人心却讲不清楚自己心的吟游诗人，却能在迷惘中捧出挚与烈，利用唱腔的共振重启神经元和神经系统，利用歌声与电波的放大效应推动海岸板块到达分形，把这人间搅得地覆天翻。因此，天是不是翻覆，海要不要塌陷，这故事最终的结局需要由她来决定 —— 曾经身处食物链最底层的Emily，因为拿到简离的剧本，有一天竟掌握了全桌人的生杀大权。

到最后，全场的重压聚焦于她的身上，她仿佛被积压太厚冬雪的细枝丫，一时有些承受不起，垂目掩神打量众人：宋思文，赵宁，阿Ray，Lawrence，一个名字就是一段回忆，深深浅浅的足印，究竟该走向、会走向什么样的纪念碑？这中间的路径是如何的沟渠？

毕竟是从小听曲，虽然算不得真懂，但有些东西渗入血液深处：沾染了文化气息，也就沾染了纠结犹豫。

一 孔尚任：桃花扇。

她迟疑了，一时分不清自己是简离还是Emily，也难以担负得了任何决策背后的重责，她并不是这里的真主人，凭什么可以做主？但话说回来，哪一个是呢？

思虑良久，她终于有主意了，抬起头，向众人轻声说道："不然我们投票，大家一起做决定吧！"

"你为何不骂我，却拥抱我？""因为世界没有比你更不快乐的人了。"也许只有到了这个时候，才能理解共情。这终究是一群自知的人，活在一座自知的城。自知也许不意味着幸福，生来未必为了幸福，痛苦带给力量。

每个人都在撕裂，但其实都渴望和解。争取的东西或许不同，但人生本没有一个所谓"正确"方向，有人想要房屋和安全感，有人情愿走向家庭承担，有人要很多的朋友、钦慕和社交地位，有人就去最不一样的远方……那么，你又能理解每一个对方吗？地域，阶级，审美，语言，信仰，性别，国族，乃至物种，每一项都是塑造，塑造了现在的你，也塑造隔阂。

别要那么严肃的话，我们就不说同理心，我们说实验放下自己、真正成为对方吧。这种时刻，这种状似轻松的游戏空间里，或许可以去除我执，终于坐在圆桌上共同商量未来。毕竟今日之世界，混沌、流动、复杂和不确定就是常态。不是重建和再中心化，而是共生。

就算我不知道我是谁，你不清楚你是谁，但任何人都有资格爱任何人，爱任何地方，记住任何地方。

不过当这戏幕落下，各自走出门去，回归现实，一切是否又回到原点？或是，带着少许对他人的理解，放下少许自我防护的心魔，锻造一个更好的结局？

如果痴痴的等某日

终于可等到一生中最爱

……

如真如假

如可分身饰演自己[1]

---

[1] 谭咏麟：一生中最爱。

后记:

Lonely Christmas
—— 从粤语歌讲起

　　2003年,香港特区政府正式开启"优秀人才入境计划"和"自由行",开放内地学生来港就学,至今已经有二十年的时间。2010年,我从内地考入香港的高校求学,到如今也过去了十多年。个人经历与时代背景糅杂在一起,难免不成了"情载兴亡"。

　　在赴港以前,我并不知道"圣诞节"是这么重要的节日,更听不懂*Lonely Christmas*这首歌,表面上写告白失败的人在热闹的节日里独自伤感,实则蕴藏着香港这座城市里许多孤独者隐秘的情愫。

正如上一辈人对粤语歌的印象由张国荣、谭咏麟、Beyond等天王巨星构成，90后一代的集体记忆中，想必陈奕迅是绕不开的。这位被外界誉为"张学友的接班人"的新一代歌王，坐拥无数传唱度高、脍炙人口的代表曲目，如《十年》《浮夸》《K歌之王》等；亦有许多充满探索意味的佳作，比如"失恋三部曲""病态三部曲""葬礼三部曲"等。*Lonely Christmas* 发行于2002年，由李峻一作词、作曲，在前面那些闪亮的名字当中，不算起眼。

我在《港漂记忆拼图》第一篇开头这样说："以前香港最热闹是圣诞，现如今，比不上新年了。"多年来在港人心中，圣诞更有深味：平安夜的港岛华灯璀璨，霓虹闪烁，到处都是人潮滚滚，圣诞树挂满礼物点亮黑夜。但试想，在满城红配绿的色调中，金灿灿的灯光下，长身伫立着一个孤影 —— 灯饰越亮，越衬出个体渺小。

科幻片《攻壳机动队》的导演押井守认为，香港会成为世界发展的中心和亚洲城市的样板；美术设计竹内敦志则坦言，影片中的街道和普遍气氛是以香港为蓝本："现代城市充溢着广告牌、霓虹灯和标志 …… 旧街道与高楼林立的新街道之间对比鲜明 …… 原本非常不同的两者之间正处于一个侵

繁华与寂寥

入另一个的情形之下。也许这就是所谓现代化带来的紧张或者压力！在这种形势下，两个个体保持着奇怪的相邻关系。大概这就是未来的样子。"[1]

现代都市的特征之一是个体化，社会关系脆弱，人际关系冷淡，还要面临生活的压力、物质的诱惑、观念的冲击、阶级的森严、细微的歧视……到了后现代，拼凑和奇观，难道不更反衬出人的疏离乃至异化？我们渴望谈心，但更多是侃侃，想寻找同类，这种努力大抵无望，就连节日这样宏大的"仪式感"仍难排遣，甚至反照出了人的孤寂——Lonely Christmas 的副歌高潮处，Eason（陈奕迅）用他娴熟的中高音转换和如同飘在空中的假音，唱的何止是男女之情，亦是所有感情的缺失，以至空虚迷茫。

冷，是刺骨的冷。香港并不落雪，歌词却说"头上那飘雪/想要栖息我肩膊上/到最后也别去么"，营造出更深一层的凄清印象。国语版《圣诞结》中，开头就直露胸臆："我住的城市从不下雪/记忆却堆满冷的感觉"。这种孤冷寂寥，陈奕迅的其他作品如《孤独患者》《浮夸》，乃至同代人许美静的《倾城》、杨千嬅的《自由行》《再见二丁目》，前代人张国荣的《有谁共鸣》《最冷一天》，后代人

一 押井守、竹内敦志：《攻壳机动队》的分析，讲谈社，1995年。

林二汶的《北京道落雪了》等等之中，都可见端倪，或许是香港广为弥漫的都市情结。

许多个在港的夜晚，我独自趴在冷气十足的冰凉图书馆的电脑前，耳中循环着这样荒凉的声音，构成了很多年后对港漂日子的印象。失忆、错序、瞬间、闪回，寒冷将记忆冷成破碎支离，为了组成拼图，不得不以各种方式处理记忆。或许是心境受到影响，"港漂"系列小说也沾染了这样的凄冷烟气，科幻作家飞氘称之为"画风冷郁"，华文作家黎紫书则说"读了让人心有戚戚焉"。

从这样的孤寂开始，逐渐走向超个体的社会反思，全书篇章排布按照成文的先后顺序，也跟作者心智的成熟和角色气质、文风变化等都糅合在一起，勾勒出不断流动的场域之中的群像。

兴衰谓常事

如果仅是孤寂冷凄，那还罢了。人人都爱描述平安夜的热闹，但如果谁在次日出街，就会看见真相：灯饰被效率极高地摘落、替换，满街待处理的垃圾，人造圣诞树摔倒在地，七彩的礼物被歪七扭八踩进泥土，人们处理完后事，立刻赶上前路——绚烂之后的灰烬，就是如此了。前晚越是热闹，次日越是荒芜。

听过 *Lonely Christmas* 才恍然大悟，原来繁闹的真相已经唱出："凝视那灯饰／只有今晚最光最亮"。而到了明日，所有的"灯饰必须拆下／换到欢呼声不过一刹"。这难道是毁灭的美学倾向？

原来人们一直是清醒的，清醒于高楼的先进与发达，也清醒于高楼的隐患与危机，甚至是"盛极必衰"的历史规律。早在三百年前的昆曲《桃花扇》里就唱道："眼看他起高楼，眼看他宴宾客，眼看他楼塌了。"这个发现叫我震惊，在小说中写下"坐在一艘正将倾覆的大船上，船上人如天灾到来前的动物那样惊慌失措、反应剧烈，却只能做尽无力的挣扎"。这么广义说来，哪个时代、哪个城市不是如此呢？——"所有的 metropolis 都差不多。"这句话贯穿全文。

在歌曲的最后，历经"醉酒呕吐""头痛""合唱的诗歌"之后，主人公终于在"人浪中真心告白"，却被对方当作"听听笑话"对待，抑或，对方其实是用这种方式敷衍带过，避免直面拒绝的尴尬？总之，歌中人终究看透了灯饰必须拆下，繁华必将倾塌，再盛大的欢呼声都不过一刹那。临结束前一刻，编曲响起《铃儿响叮当》的经典旋律——洗去一直抱怨的节日俗套，此刻仿佛圣音天上来，为苦海挣扎的人带来抚慰。

而我听到此处已是曲中人，也为《港漂记忆拼图》系列小说找到收场：圣诞之夜，身处香港的青年们或告白失败，或孤身一人，或试图在睡梦里得到喘息，或放纵于奢靡中逃避孤寂，唯有维港海边剧场还演着寂寞的最后一幕戏：

在科幻设定中，填海造陆导致地质结构的液态化，陆地侵蚀，而整个城市的声音汇聚成统一频率，加剧了共振效应，最终在歌者唱出最后一个高音的刹那，地壳发生了严重沉陷，海平面上移，身边的一切都轰然崩塌，整个城市掉进了海底宫室，只剩太平山山尖留在地表——虽然高楼浸入水底，但仿佛《铃儿响叮当》那清音弥漫在海水之中，人们疲惫的心灵得到慰藉……

明日路

香港，这个爆炸式的大都会，常能激发艺术作品对科幻未来的想象，从《银翼杀手》到《攻壳机动队》，皆以此地取景——混杂的建筑风格、狭窄拥挤的街道、多语种夹杂纷飞、花花的shopping mall和摩天大楼上悬挂的密集灯牌……无不体现出其传统与现代交杂、高楼与街巷相容、朝生暮死和披荆斩棘并存的种种特质。从这里孕育诞生的无数小说、音乐、影视剧乃至是服饰妆容、粤菜美食等，塑造了一个时代的印记，揉搓成国人记忆中的集体想象和文化记忆，萦绕不灭的回声。

时代的齿轮总是多情又无情，多情的是总会留下印记，无情的是依旧一往无前。蹚过孤寂和幻灭，香港的前路在哪里？

时至2021年，粤语文化重拾梳妆、改头换面，以"大湾区"的新面貌再次掀起一波热度，从流行的综艺节目《披荆斩棘的哥哥》《大湾仔的夜》，到官方的"湾区升明月"中秋晚会、大湾区文学发展峰会等，香港文艺界重新受到关注，粤语老歌被一遍遍翻出改编、传唱，就连"湾仔"的生活态度、饮食趣味都被热议。这股热潮会持续多久？将带来粤语文化新的春天吗？像*Lonely Christmas*结尾那样的救赎与重生之音，会从当中萌发？

而这本《港漂记忆拼图》，能否成为某个开端或填补空缺，尝试以"分布式叙事"的主旨策略，互换身份，理解他人，建立共情，可以建立一个互融共鉴的社会？

　　期待历史给我们答案。

救赎

篇尾曲

合作艺术家 | 作曲/混编：云龙

作词：吟光

演唱：滑倒乐队

作品阐述 | 出自长篇小说《港漂记忆拼图》的剧情因果及抒情呓语，从成人季的阵痛，到梦醒时分的寒意，成长、迷失与自我追寻，也许都市现代人本就不断被解构、被塑造。灯火辉煌下，泪眼朦胧中，反复询问的救赎能到来吗？最后终于明白：还没有理解你，却已经成了那个你。